CANU'N Y CO'

Mae alaw pan ddistawo
Yn mynnu canu'n y co'.

Dic Jones

ANNES GLYNN

CANU'N Y CO'

Gomer

Cyhoeddwyd yn 2013 gan
Wasg Gomer, Llandysul, Ceredigion SA44 4JL
www.gomer.co.uk

ISBN 978 1 84323 526 2

Cyhoeddir gyda chymorth ariannol
Cyngor Llyfrau Cymru.

Argraffwyd a rhwymwyd yng Nghymru gan
Wasg Gomer, Llandysul, Ceredigion.

I

SIAN OWEN

gyda diolch am dy gyfeillgarwch
ac am y sgyrsiau maethlon

'Marwnad yr Ehedydd'

Pe bai hiraeth yn siâp, tebyg i beth fyddai o tybed? Onglau arch dderw'n gostwng yn raddol i'r pridd? Llwybr deigryn yn igam-ogamu'n dawel i lawr wyneb cyfarwydd efallai. Cannwyll llygad, yn chwilio, chwilio am rywun o hyd. Crud, yn fyw o lwch, dan ddistiau'r atig. Neu ôl pen cariad ar obennydd, sŵn drws yn cau, a stafell yn gragen wag mwyaf sydyn.

Heno, hen alaw Gymreig a'i nodau'n creu patrymau lleddf y tu hwnt i eiriau oedd yn cleisio'i chalon.

Fersiwn newydd gan gantores oedd yn enw newydd iddi hi, rhyw grygni yn ei llais a rygnai'n ddiflas pan oedd hi'n siarad, ond a wnâi i chi grynu pan oedd yn bygwth torri'n deilchion ar ambell nodyn. A'r 'llofrudd', yr 'amdo o bren afal' a'r 'adra' olaf yn y gân yn ias chwerwfelys. Hen emosiwn, cynghanedd newydd. Y ddau efo'i gilydd yn swadan gynnil, fel pe bai rhywun wedi rhoi peltan iddi efo manag felfad.

Diolch am y radio! Ar ôl wythnos braf o hydref roedd hi wedi dechrau bwrw glaw'n annisgwyl hollol heno, a'r weipars yn creu rhyw strempiau ar y gwydr i ddechrau. Hithau'n gweld y lôn o'i blaen drwy niwlen ryfedd, golau'r ceir o'i blaen yn troi'n siapiau anghyffredin, seicadelig bron. Hynny a chwmni'r Hedydd yn mynd â hi i ryw fyd diarth, tu hwnt i'r rŵan hyn, teimlo'i hun yn codi, yn

7

estyn am atgof oedd ddim ond y mymryn lleiaf un y tu hwnt i'w chyrraedd.

Ac yna taran. Neu dyna oedd hi'n feddwl oedd o i ddechrau. Terfysg sydyn, er bod hynny'n beth anghyffredin hefyd yr adeg yma o'r flwyddyn. Melltan oedd honna o'i blaen?

Tawelwch am eiliad neu ddwy, ac yna'r cyflwynydd yn torri arno i gyflwyno'r gân nesaf. Hithau'n synnu ei bod hi'n sownd yn ei sêt, bod clustog wedi ymddangos o rywle. Sylweddoli ei bod hi wedi stopio'n stond. Sŵn drysau ceir yn agor a chlepian. Goleuadau oren yn fflachio. Rhywun yn curo'r ffenest. Trio'i gorau i ddal ei gafael ar yr Hedydd ond roedd o wedi hen ddiflannu. Wedi ildio'i le i Gwibdaith Hen Frân. Pe na bai hi mewn cymaint o boen mi fyddai wedi chwerthin.

Tu hwnt i gocŵn diamser y car clywai synau eraill yn dod yn nes, nes. Alaw gyfarwydd, las car plisman, ambiwlans. Hen nodau cras. Siâp cwbl wahanol. Ofn, nid hiraeth. A'i byd ben uchaf isaf.

'Ambell i gân' – *yn ormod*: Eirys

O edrych yn ôl, gallai Eirys gofio'r union funud y penderfynodd hi droi cefn ar y côr. Yr union eiliad, yr union far, yr union farc seibiant. Seibiant? Dyna'r drafferth. Roedd yr holl beth wedi mynd yn ormod o slog, a gorfod ailadrodd yr un hen ddarnau a'r ymdrech i roi rhyw fath o sbarc yn y nodau treuliedig yn fwy o ddyletswydd na mwynhad.

'Altos – dach chi'n dal i lusgo! Cofiwch mai cân serch ydi hon i fod. Dach chi'n swnio fwy fel tasach chi'n mynd i gladdu'r dyn yn lle 'i ddenu fo i'ch breichia!'

Be ti'n ddisgwyl, y gloman wirion? meddyliodd, gan deimlo'i gwefusau'n tynnu'n un llinell fain wrth iddi frwydro i gadw ei diflastod rhag ffrwydro fel cawod o nodau fflat, amhersain o waelodion ei 'sgyfaint.

Mae hi'n nos Iau, wythnos galed arall o waith ar fin dod i ben a fawr o egni gan y rhan fwya ohonon ni i feddwl am garu, heb sôn am fynd i'r afael â hi. Mae meddwl am y gwydraid gwin oer 'na yn y Lechan Las ar ddiwedd y practis yn ticlo dipyn mwy ar fy ffansi na meddwl am chwysu rhwng y cynfasa ar y funud, diolch yn fawr iawn!

'Reit 'ta! Gymrwn ni dipyn o seibiant. Ella y byddwch chi'n teimlo'n well wedi cael rhyw ail wynt bach.'

Rhythodd Eirys mewn syndod ar Anwen yr arweinydd. Oedd hi'n dechrau troi'n seicic, yn ogystal ag yn sticlar cerddorol rŵan hefyd? Os felly, châi hi fawr o drafferth i ddarllen ei theimladau, yn briflythrennau neon coch ar ei thalcen: WEDI LARU! Rhwbiodd y croen tyn fel pe bai hi'n trio cael 'madael â staen styfnig oddi ar ddilledyn.

Edrychodd o amgylch neuadd yr ysgol gynradd. Rhyw ugain ohonyn nhw oedd â'u tinau'n cyffio ar y seddi bach caled heno. Nifer reit barchus o feddwl ei bod hi'n noson oer a thamp ym mis Chwefror, a dangosiad cyntaf ffilm ddiweddaraf George Clooney ar y teli.

Amheuai'n fawr a fyddai'r hen George hyd yn oed yn medru anadlu bywyd newydd i'r alawon y buon nhw'n rhygnu arnyn nhw cyhyd. Dychmygai o'n gwthio drysau'r neuadd ar agor yn ddiseremoni, yn swagro i mewn yn ei gôt wen fel y byddai yn *ER* ers talwm, ei stethosgop yn hongian fel medal arian Olympaidd ar ei frest, yn cipio Anwen yn ei freichiau ac yn mynd amdani ar ben y piano fel tasai o ar lwgu.

Gwenodd er ei gwaethaf a dal llygaid Gwenda ynghanol y sopranos. Honno'n rowlio'i llygaid yn ei phen ac yn gwneud ystum drachtio diodyn â'i llaw. Nid hi oedd yr unig un ar dagu felly.

Roedd ambell un mwy trefnus na'i gilydd wedi dod â photeli dŵr efo nhw. Yn sipian bob yn ail â rhoi'r byd yn ei le, cyn i Anwen ailafael yn yr awenau cerddorol. Roedd 'na ryw naws fflat yno'n gyffredinol er gwaetha'r sgwrsio a swniai fel grŵn gwenyn. Neu efallai mai dim ond ei golwg arbennig hi, Eirys, ar y byd heno oedd i gyfri am hynny.

Cafodd ddiwrnod y byddai'n dda ganddi ei gladdu'n ddwfn mewn pwll chwarel. Ei bòs, y Cyfarwyddwr Meddygol, ar gefn ei geffyl ers y peth cyntaf. Hithau ddeng munud yn hwyr yn cyrraedd fel roedd hi'n digwydd, yn llawn ei thrafferth ar ôl bod yn crwydro meysydd parcio'r sbyty, yn trio cael lle i roi ei phwn i lawr. A'i helpo pe bai ganddi rywbeth crandiach a lletach na'i Fiesta pum mlwydd oed!

'Dach chi'n cofio bod y Bwrdd yn cwarfod fory, Eirys?'

Ydw, Mein Führer. Ella nad oes gen i res o lythrennau ffansi ar ôl fy enw fatha chdi, ond dwi'n dal yn compos mentis – jesd!

'Mi faswn i'n licio i chi deipio'r ddogfen yma erbyn diwedd y pnawn. Rhywbeth wnaeth fy nharo i neithiwr – meddwl y byddai'n eitha peth i mi godi'r matar cyn i Cledwyn Cyllid achub y blaen arna i. Dach chi'n gwbod fel mae hi.'

Ydw. Balansio'r llyfrau a chyrraedd y targedau, cynhyrchu adroddiadau a thablau ffansi. Mae cwffio'ch conglau eich hunain yn gêm saffach, llai poetshlyd na delio efo bywyd – a marw – go iawn ar y wardiau, tydi?

Rhedeg ar ôl ei chynffon y bu hi wedyn am weddill y diwrnod. Rhyw ddiwrnod pan fynnodd pob cwynfanwr dan haul godi i'r wyneb, yn gwau fel sliwod, a'u golwg negyddol ar y byd a'i bethau yn hen gyffyrddiad diflas, anghynnes.

Ac ar ei ffordd yn ôl i'w swyddfa ar ôl llowcio pwt o ginio yn y cantîn dros ei hanner awr prin o ryddid, digwydd taro ar y wraig a redai'r siop ffrwythau yn y dref yn edrych fel pe bai hi wedi gweld ysbryd. Yn pwyso yn erbyn y wal wrth fynedfa'r Uned Ganser, a'i llygaid yn dweud y cyfan y cwffiai ei llais crynedig i'w ynganu.

'Maen nhw'n deud y ceith o fynd adra fory.'

Nid ystadegyn i ymfalchïo ynddo, ond mater o gyfaddef na fedren nhw wneud dim mwy i'w gŵr, dim ond ei yrru adref a gobeithio y deuai'r diwedd mor ddi-boen â phosib yn ei gynefin ei hun.

'Argian, mae hi'n anodd ei dallt hi!'

'Be s'arnat ti? Dydi hi ddim yn gân mor ofnadwy o anodd â hynny, nacdi?' meddai Fflur, un o hoelion wyth yr altos, gan wenu'n ddireidus wrth ei hochr. Hithau'n chwys drosti o sylweddoli bod y geiriau wedi mynnu eu ffordd allan ohoni'n un ffrwydrad, a rhyw fudchwerthin nerfus yn gwau trwy'r criw. Anwen yn tapio top y piano â'i baton i drio'u dwyn nhw'n ôl i drefn, a'r drefn honno'n teimlo mor haearnaidd â'r bariau a rannai'r gerddoriaeth ddiflas mor rheolaidd, gymesur. Awgrym o arogl ciniawau ysgol a disinffectant yn cyniwair yn yr awyr yn ychwanegu at y diflastod.

Gyda Gwenda, draw ym mar y Lechan Las wedyn, y rhannodd Eirys ei hawydd i adael y côr tra oedd ei ffrind yn tywallt y gwin i'r gwydrau hael. Er mai nos Iau oedd ei noson rydd a Jackie y tu ôl i'r bar yn ei lle hi fel arfer, roedd yn rheol anysgrifenedig mai Gwenda fyddai'n gweini'r diodydd adfywiol cyntaf hynny. Ron, ei gŵr a chyd-berchennog y Lechan, a chyn-aelod o Gôr y Penrhyn, yn ei elfen yn tynnu coes fel arfer.

'Sut oedd yr eosiaid heno, 'ta? Anwen yn dal yn fistar corn arnoch chi? Mi fedra i 'i gweld hi yn ei chostiwm lledar tyn yn chwifio'r chwip 'na rŵan! Côr cymysg fasa wrth fodd honna, dwi'n deud wrthach chi! Wyddoch chi ddim pa ffantasïa lliwgar sy'n swatio dan y *separates* sidêt 'na!'

Yn ôl fel y teimlai Eirys y noson honno, gallai Anwen ddilyn pa ffantasi bynnag y dymunai a mynd i'w chrogi, yn llythrennol, boed hynny'n rhan o gêm S&M gymhleth neu trwy dagu ar glwstwr o *semiquavers* anystywallt. *Presto. Libretto.* Ffinito!

'Rhyw deimlo ydw i nad ydan ni'n mynd i nunlla rywsut 'sti, Gwenda,' meddai'n ddiweddarach. 'Ac mae 'na ben draw efo be fedri di ei wneud efo *Gwin Beaujolais* yn diwadd, does? Mae'n siŵr bod y ffaith bod gwin coch yn codi cur pen arna i'r dyddia yma yn rhan o'r peth, ond argol, mae'n hen bryd i ni symud mlaen i selar arall erbyn hyn, does bosib.'

'Be am lasiad arall o wyn, 'ta?'

'Ti ffansi rhannu potal?'

Ac erbyn tua thri chwarter ffordd drwyddi, roedd y ddwy wedi dod i benderfyniad pendant. Nid yn unig yr oedden nhw am adael i Felodïau'r Llan ddilyn eu tiwn undonog eu hunain hebddyn nhw, ond roedden nhw am drio gweld faint fyddai â diddordeb mewn ffurfio grŵp canu hollol wahanol. Rhywbeth â mwy o nwyd yn y nodau, mwy o dân nag *andante*, mwy o *largesse* nag o *largo*.

'Dwi'n gwbod am un neu ddwy arall sy'n teimlo fatha ni ers tro, 'sti,' meddai Gwenda. 'Ac mi fasa cael gwaed newydd, ifanc yn beth da i ni.'

'Cael gafal ar rheiny 'di'r peth,' meddai Eirys, yn tueddu at y tywyll wrth i'r gwin gymryd gafael. 'Lily Allen, Coldplay a rhyw sgrwtsh felly sy'n mynd â'u bryd nhw o be wela i gan yr hogia 'cw.'

Dychmygai ymateb Bryn ac Eifion pe bai rhywun yn awgrymu eu bod nhw'n ymuno â chôr. 'Geeks', 'nerds', 'anoracs' oedd y rhai a berfformiai efo gwahanol aelwydydd ar lwyfan yr Urdd yn eu barn nhw. Iawn i'r genod, ond dipyn o staen ar y *street cred* fel arall. Roedd bysgio ar strydoedd Caerdydd efo'i sacsoffon yn dderbyniol, er hynny, i Eifion, ac yntau'n ddigon balch o'r arian gan nad oedd golwg am swydd ar hyn o bryd, chwe mis wedi iddo raddio o'r coleg yn y Brifddinas.

Tŵls a pheiriannau fu pethau Bryn, yr ymgynghorydd cyfrifiadurol, ers yn ddim o beth, ac er ei fod yn mwynhau gwrando ar gerddoriaeth, rhywbeth ar gyrion ei fyd oedd o, sŵn yn y cefndir tra ymgollai'n llwyr yng nghymhlethdod y cyfrifiadur o'i flaen. Nid bod ei fam wedi cyrraedd unrhyw safon nac uchelfannau proffesiynol na dim byd felly, ond roedd hi wedi sefyll ei harholiadau piano i gyd pan oedd hi yn yr ysgol, ac yn dal i gael blas ar chwarae rhai darnau. Ambell un clasurol, y rhai nad oedden nhw'n ormod o dreth ar ei bysedd, ond alawon gwerin a darnau jazz syml a roddai'r pleser mwyaf iddi'r dyddiau yma. Ffordd ratach o ymlacio – a boddi ambell ofid – na sincio potel o win, meddyliodd gan wenu'n fyfyrgar, anarferol feddw, wrth ddechrau hel ei hun at ei gilydd i'w throi hi am adref.

Roedd y tŷ, fel gweddill y stad fechan yn y pentref, mewn tywyllwch dudew erbyn i'r tacsi ei gollwng hi yno ychydig funudau cyn hanner nos. Bryn wedi'i throi hi am ei wely'n gynnar gan ei fod yn gorfod codi efo'r wawr drannoeth er mwyn teithio i Fanceinion i weld cwsmer, chwyrnu Gwyndaf ei gŵr i'w glywed – fel drws yn hongian ar golynnau rhydlyd – o waelod y grisiau.

Fyddai dim rhaid iddi boeni'n ormodol pe byddai braidd yn swnllyd felly. Nid ei bod hi wedi cyrraedd y pwynt lle roedd hi'n bygwth taro yn erbyn dodrefn a ballu chwaith. Rhoddodd y golau ymlaen ar ei ffordd i'r gegin i wneud paned o goffi. Sylwi, wrth basio, ar bwt o neges ar y llyfr nodiadau ar y bwrdd bach gwiail wrth ymyl y ffôn. Ysgrifen Bryn yn baragraff bach cysáct ar y ddalen: *Nain wedi ffonio. Taid wedi cael pwl eto. Digon dryslyd ar ei ôl o. Dim byd i boeni yn ei gylch, medda hi, ond mae hi'n gofyn wnewch chi ffonio bora fory.*

Adwaith cyntaf Eirys oedd edrych ar ei wats. Ochneidio'n dawel o weld ei bod hi bellach yn ddiwrnod newydd. Gwenu'n gam, yn falch o droi ei chefn ar *groundhog day* go iawn. Penderfynodd anghofio am y coffi a gadael i'r gwin weithio'i ffordd yn hamddenol drwy'i gwythiennau yn lle hynny, gan obeithio y byddai'n ei suo i gysgu mor dyner â hwiangerdd.

Wnaeth Gwyndaf ddim styrbio blewyn wrth iddi lithro i mewn i'r gwely yn ddiweddarach gan sibrwd rhyw 'Si hei lwli' bach eironig i gyfeiriad cyffredinol y nenfwd.

'Y bore glas': Gwenda

Ambell ddiwrnod roedd trio darllen meddyliau dynion yn waith bron mor galed â gweithio'ch ffordd drwy gyfrol mor sych â hon, meddyliai Gwenda, wrth stwffio llyfr yn dwyn y teitl hynod gyffrous *Openness: in touch with your Caring Spirit* yn ôl i'w le yn yr adran Meddwl, Corff ac Ysbryd yn y llyfrgell.

Fe fu'n rhaid iddyn nhw fathu'r teitl newydd ffansi 'ma ar yr adran tua dwy flynedd yn ôl. Arwydd bach arall bod y bobol PC rhwym hynny'n prysur ennill y dydd ym mhob twll a chongl, un mor ddisylw â hon hyd yn oed. Fedrai hi ddim gweld bod dim o'i le ar y gair 'crefydd' ei hun. O leiaf roedd rhywun yn gwybod yn eitha beth oedd hwnnw, hyd yn oed os nad oedd rhywun yn cytuno efo fo gant y cant bob amser.

Ond synnai faint o ddiddordeb oedd 'na yn y fath lyfrau, yn llawn jòc o ryw syniadau niwlog *New Age*. Sut yr oedd gan bobol amser i rythu mor fanwl ar eu bogeiliau, wyddai hi ddim.

A hithau'n gweithio yn llyfrgell y ddinas ers blynyddoedd, teimlai gywilydd ambell ddiwrnod ei bod hi ei hun yn darllen cyn lleied; yn enwedig pan fyddai mamau ifanc â'u gwynt yn eu dwrn yn galw heibio a'u breichiau dan eu sang o lyfrau a'r plantos yn rhedeg y tu ôl iddynt, yn sŵn i gyd, yn rasio i hawlio'u lle yn y gongl ddarllen liwgar. Ond efallai mai hynny oedd yn eu cadw'n rhesymol gall, meddyliodd wedyn; cael ffoi oddi wrth y bwyd llwy a'r byd cyfyng i fyd dychymyg am bwl. Nid fod ganddi hi brofiad o fagu teulu ei hun.

Roedd Ron a'r Lechan yn llawn cymaint o waith â llond tŷ o blant mân, beth bynnag, ac yn hawlio llawn cymaint, os nad mwy, o'i sylw. Dyna pam y penderfynodd hi docio'i horiau yn y llyfrgell ddwy flynedd yn ôl a gweithio'n rhan amser. Jôc o ddisgrifiad os bu un erioed, yn enwedig i ddynas. Roedd amser yr un mor brin ag erioed mewn gwirionedd, a hithau'n fwy tebygol o'i chael ei hun yn pori mewn llyfrau cownts yn hytrach na rhwng cloriau unrhyw nofel boblogaidd pan gâi hi bum munud sbâr y dyddiau yma.

'Ddaru chi fwynhau hwnna? Da iawn! Mae hi'n un dda am greu cymeriada difyr, tydi?'

Fel pe bai'n gwybod go iawn! Digwydd darllen adolygiad yn un o'r cylchgronau sglein yn y salon gwallt wnaeth hi yn ddiweddar. O leiaf câi awr neu ddwy o lonydd yn y fan honno bob mis. Dyna un fantais o fynd i'r drafferth i gadw ei lliw golau gwreiddiol mor naturiol ag y gallai, camp a alwai am fwy a mwy o grefft – ac amser – a hithau'n tynnu am ei phedwar deg pump erbyn hyn.

Ac roedd hi'n benderfynol o gadw at ei hamserlen ddigyfnewid o fynd i'r *gym* unwaith yr wythnos hefyd, hyd yn oed os golygai hynny fynd heb ginio ambell dro. Byddai Eirys yn tynnu ei choes yn aml. 'Mi fasat ti'n colli llawn cymaint o galorïa yn cerddad ddwywaith rownd y sbyty 'ma – ac yn safio pres ar yr un pryd!'

Synnai Gwenda na fyddai Eirys yn ymarfer mwy a hithau'n gweithio yng nghanol doctoriaid a nyrsys bob dydd o'r wythnos, er ei bod yn nabod criw o'r rheiny oedd yn smocio fel dreigiau'r hen chwedlau hefyd. Rhan o'r 'pacej', beryg; cymorth hawdd ei gael cyn bod unrhyw sôn am gwnsela a *post traumatic stress*.

Ond fu Eirys erioed yn un i boeni'n ormodol am ei phwysau, mwy nag am fawr o ddim byd arall i bob golwg. Roedd hi'n un o'r rhai hynny oedd i'w gweld yn hwylio'n ddigynnwrf drwy stormydd bywyd, waeth beth fo'r tywydd.

'A dydw i ddim mor drwm â hynny beth bynnag. "Ffrâm fawr" sgin i,' fyddai hi'n ei ddweud gan gadw'n driw at ei damcaniaeth mai hanner llawn ac nid hanner gwag oedd gwydryn ei bywyd hi. Mwynhâi Eirys wisgo dillad ffasiynol, syml, lle roedd rhaid iddi hi, Gwenda, chwilota'n ddyfal trwy raciau siopau fel Topshop ac H&M am ddillad addas i wraig *petite* nad oedd am edrych fel hogan ysgol a'i hormonau ar dân.

Dyna oedd wrth wraidd y ffrae wirion 'na rhyngddi hi a Ron cyn iddi gychwyn am y gwaith y bore 'ma.

'Ti'n meddwl bod hon yn iawn ar gyfar y gwaith, Ron?'

'Mmm?'

'Y sgert 'ma. Ti'n meddwl ella ei bod hi fymryn yn rhy fyr i'r llyfrgell?'

'Na . . . ti'n edrach yn champion, fel arfar . . .' Heb dynnu ei drwyn o'r papur.

'Blydi hel, Ron! Smalia bod gen ti *rywfaint* o ddiddordab beth bynnag!'

'Be dwi wedi'i neud rŵan eto?' Yn syllu arni'n swrth, yn gyndyn o ollwng ei afael ar adroddiad y gêm Uwch Gynghrair neithiwr.

'Lle mae dechra!' Yn difaru, y funud y clywodd hi'r geiriau'n saethu o'i cheg yn fwledi pigog. Troi am y drws ar ei hunion rhag iddi orfod edrych ar y briw yn ei lygaid.

'Gwenda!'

Ond roedd hi wedi neidio i mewn i'r car, taro'i throed yn wyllt ar y sbardun, chwyrnellu'n rhy fyrbwyll o lawer allan o faes parcio'r dafarn. Dim ond cael a chael i osgoi dwy bensiynwraig yn ei throi hi'n hamddenol am y siop bapur ddau ddrws i ffwrdd wnaeth hi. Rheiny'n gynnwrf i gyd, eu dwylo'n estyn am eu brestiau mewn braw, ond doedd ganddi mo'r amynedd i stopio, ymddiheuro, cysuro. Roedd hi'n hen fitsh o ddynas flin ar hen fitsh o fore mwll. Tasai Ron ddim ond wedi dangos dipyn mwy o dân!

A dyna'r dirgelwch. Yn wên deg i gyd neithiwr, ar ôl y côr, yn llawn hwyliau ac yn ei elfen yn tynnu arni hi ac Eirys, ei hiwmor bachog yn picio allan am bwl fel enfys liwgar rhwng cawodydd. Ond yn diflannu'n ôl i'w gragen y munud yr oedd y gynulleidfa wedi'i throi hi am adre.

Roedd hi wedi darllen yn rhywle – rhyw gylchgrawn merched arall, mae'n siŵr – fod dynion hefyd yn mynd drwy'r chênj. Tybed nad dyna oedd wrth wraidd y ffaith ei fod o mor oriog y dyddiau yma?

'Dwn i'm, wir!'

'Ia, mae hi'n job 'i dallt hi weithia, dydi cyw?'

'Sut?'

'Cwyno'ch byd!'

'I be ydan ni haws, 'te?' meddai hithau gan estyn am y bwndel o gyfrolau Mills and Boon oedd mor ansefydlog â thŵr Pisa ym mreichiau'r wraig a safai wrth y cownter. Yn iau na hi ond yn edrych yn llawer hŷn; effaith gormod o ffags – a phlant – yn ôl lastig y jogars oedd yn cwffio i gadw ei chanol nobl yn ei le.

Tynnodd Gwenda ei bol i mewn yn reddfol, a chodi ei gên fymryn yn uwch rhag bod unrhyw awgrym o gnawd llac oddi tano. Stampio'r dyddiad dychwelyd ar y llyfrau, ac ymateb – unwaith yn rhagor – i'r ffaith ei bod hi'n ddydd Gwener y trydydd ar ddeg heddiw. Roedd y sylw wedi treulio braidd yn denau wrth i'r bore fynd yn ei flaen, fel yr oedd ei hamynedd hithau efo Ron druan. Efallai mai'r hyn ddylai hi ei wneud oedd trefnu pryd bach o fwyd allan i'r ddau ohonyn nhw. Nunlle'n rhy bell, ond digon pell o far y Lechan hefyd. Cadw'r peth yn syrpreis. Doedd dim pwynt ei holi ymlaen llaw. Byddai'n gyndyn o ollwng ei afael fel arfer ac yn gweld pob math o rwystrau, yn gwarafun yr amser.

Ond amser oedd ei angen arnyn nhw. Dim ond nhw eu dau. I sgwrsio am fawr ddim byd, a'r byd yn grwn, o gwmpas bwrdd; bwyd a gwin da yn gyfeiliant braf i'r siarad hamddenol a dim byd penodol yn galw. Byddai'n gyfle hefyd i sôn, trwy deg, am y syniad o fynd i ffwrdd i'r haul am wyliau. Roedd bron i dair blynedd wedi mynd heibio ers y bythefnos ddiog honno yn Fuertaventura, ychydig cyn iddyn nhw symud i mewn i'r Lechan, ac roedd hi'n ysu am gael teimlo gwres haul go iawn ar ei gwar erbyn hyn. Gorweddian mewn bicini ar un o draethau'r Côte d'Azur, nid rhyw dro sydyn mewn côt drom yn Ninas Dinlle a'i dannedd yn clecian.

Doedd dim rhyfedd ei bod hithau'n biwis chwaith, nac oedd! Efallai mai twtsh o'r cyflwr SAD 'ma oedd ar rywun. Roedd Eirys yn edrych yn ddigon llegach neithiwr hefyd erbyn meddwl. Ond diolch am y fflach o'r hen dân! Roedd hi'n licio'r syniad 'ma oedd ganddi hi o adael y Melodïau, mynd ar eu liwt eu hunain. Creu parti – grŵp hyd yn oed – mentro dipyn, peidio â bod yn rhy ddifrifol, jesd mwynhau eu hunain fel giang. Chwilio am waed newydd i roi cic-start i'r achos.

Tybed fyddai gan Jackie ddiddordeb? Roedd wedi cymryd tipyn o waith perswadio ar ran Ron iddi fentro ymlaen o du cefn y bar ar noson y carioci cyn y Dolig, ond ar ôl rhyw ddechrau braidd yn nerfus roedd yr hogan wedi mwynhau ei hun, ac a dweud y gwir roedd ganddi lais reit anghyffredin. Dim byd fyddai'n gweddu i gôr merched cyffredin, ond pwy oedd yn sôn am gyffredin? Gallai Gwenda ei dychmygu hi'n mynd i hwyl wrth ganu rhywbeth â blas gospel arno neu ryw gân blŵs araf. Roedd hi'n edrych yn egsotig hefyd, efo'i gwallt hir du, ei chroen pryd tywyll. Byddai'n rhaid gofyn iddi pan ddeuai i mewn heno.

A thra oedd hi yn ei gwres, a'i hwyliau'n codi rhyw fymryn, piciodd Gwenda i'r swyddfa fach yng nghefn y llyfrgell a gadael neges ar fobeil Eirys. 'Jesd meddwl. Tasat ti isio tynnu dŵr o ddannadd dy Ffansi Man nes 'i fod o'n glafoerio, lle fasat ti'n mynd â fo am bryd o fwyd?'

'Hiraeth': Jackie

'Ty'd â dau beint a dau *chaser* i mi, cyw, a chymra rwbath
bach i g'nesu dy frest ditha'r un pryd.'

'Gad lonydd i'r hogan, Meurig. Ti'n ddigon hen i fod
yn daid iddi, wir dduw.'

'Sdim isio i chi na neb arall gwffio 'nghongol i, Ron,'
meddai Jackie wedi i Meurig Tŷ Gwyn rowlio'n ansad yn
ôl i'w gongl arferol. 'Dwi'n ddigon abal.'

'Sori, Jackie – job dal 'y nhafod weithia. Y coc oen 'na'n
mynd ar 'y nyrfs i ar ddiwadd noson wyllt fatha heno.'

'Diolchwch amdano fo a'i fêts – maen nhw 'di gwario
ffortiwn yma rhwng bob dim.'

'Do, debyg.'

A throdd Ron i drio dal pen rheswm â chwsmer arall
oedd yn cael trafferth i roi dau air at ei gilydd yn dwt,
heb sôn am gyflwyno'i ordor yn gall. Bron nad oeddech
chi'n medru gweld y gwres myglyd yn hongian yn yr
awyr, meddyliodd Jackie. Dim ond diolch fod y smociwrs
bellach yn gorfod mynd allan i gicio'u sodlau ar y pafin
os oedden nhw am wenwyno eu hunain. O leiaf roedd 'na
siawns i'r drwg gael ei chwalu'n gynt yn y fan honno yn
lle ei fod o'n troi yn ei unfan ac yn lapio'i hun amdanoch
chi, fel rhyw niwl afiach.

Edrychai ymlaen er hynny at gael stripio'n syth ar ôl
cyrraedd adre, stwffio'i dillad i'r peiriant golchi a neidio

i'r gawod. Ac fe gâi hi wneud fel y mynnai heno. Cymryd digon o amser, potsian o gwmpas yn ei phyjamas *wincyette* a'r hen fflachod, yfed mygiad o siocled poeth yn y gwely, fflicio drwy ambell gylchgrawn sglein.

Roedd ei mam yn gwarchod Ceri dros nos, ac Alun wedi mynd i Gaerdydd ar gyfer y rygbi. Dyna beth oedd achos yr holl firi yn y Lechan Las heno. Cymru wedi curo'r Hen Elyn, a'r gobaith am ennill y Grand Slam am yr ail waith mewn dwy flynedd yn esgus iawn i fynd ar yr êl, fel pe bai hwnnw ar fin mynd allan o ffasiwn.

Mae'n siŵr fod Alun yn hongian erbyn hyn. Roedd o wedi anfon mwy nag un tecst yn ystod y noson – ond mi fasa waeth iddo fo fod yn ysgrifennu mewn Rwsieg ddim. Duw a ŵyr lle byddai'r criw wedi landio erbyn oriau mân y bore! Duw hefyd a helpo dreifar bws criw'r Clwb Rygbi fory, yn enwedig gan eu bod nhw'n mynnu teithio ar hyd yr A470 am ryw reswm. Roedd hi'n rheol aur mai trwy Gymru a'i ffyrdd troellog, ac nid ar hyd traffyrdd Lloegr, yr oedden nhw'n hwylio adre o Gaerdydd bob tro.

Ac mae'n debyg bod rhywbeth i'w ddweud dros gadw ambell draddodiad. Roedd o'n gysur, fel lapio eich hun mewn hen ddillad di-siâp, ond cyfforddus. Plannu'ch traed blin mewn sliperod siâp Snoopy, brathu Walnut Whip yn araf, araf a gadael i'r hufen rhyfedd 'na yn y canol rowlio o gwmpas eich tafod fel melfed.

'*Roll on, stop tap!*' meddai, wrth feddwl am ei gwely cyfforddus, gwag, a'r pleser bach diniwed o gael ymestyn ei chorff blinedig reit ar draws y gynfas, yn groes gongl, am newid.

O sylwi ei bod hi wedi hen ymlâdd, roedd Ron wedi dweud wrth Gwenda am fynd i roi'i thraed i fyny ers rhyw chwarter awr. Er ei fod o'n medru bod yn fistar reit galad ac yn hollol ddigyfaddawd fel dyn busnes, eto i gyd roedd o'n galon feddal i gyd lle roedd merched yn y cwestiwn, meddyliodd Jackie. Parchus ohonoch chi, cwrtais, dal drysau ar agor i chi a ballu, nid fel y rhan fwyaf o hogiau ei chenhedlaeth hi, a'r rhai fymryn yn iau. Roedd cymaint o'r rheiny'n ymddwyn fel tasan nhw ar ddôp neu waeth, yn hollol ddisymud a difynegiant. Ac am drio deall rhai ohonyn nhw'n siarad! Tybed sut siâp fyddai ar bethau erbyn y byddai Ceri'n ddigon hen i fod eisiau mynd allan efo hogyn? Os oedd genod yn dal i wneud y fath beth.

Cyn belled ag y gwelai hi, rhyw hel yn giangiau swnllyd fel y rheiny oedd yn stwna yng nghowt Londis gyda'r nosau oedden nhw, yn tynnu ar ei gilydd, rhannu cyfrinachau trwy'u dannedd, cicio'u sodlau Nike drudfawr. A bipian diddiwedd y mobeils fel rhyw fôrs cod blin yn gwneud nerfau rhywun yn frau.

Roedd hi wedi dal rhag ildio i swnian Ceri am fobeil. Dim ond ar fin cael ei deg oedd hi wedi'r cwbl! 'Ond mae pawb yn dosbarth ni efo un!' oedd ei hateb yn ddi-feth. Fel roedd 'pawb yn y dosbarth' wedi cael rhoi tyllau yn eu clustiau neu efo teli yn eu stafell wely. Doedd hi ddim yn ddigon gwirion i gael ei thwyllo gan y gêm honno! Nid fod 'na unrhyw beth dan-din yn Ceri. Roedd hi'n gariad i gyd a dweud y gwir, ac mi fyddai Jackie wedi darn-ladd unrhyw un a feiddiai fygwth ei brifo hi mewn unrhyw ffordd.

Ond argian, roedd 'na rai adegau pan allai hi sgrechian nes y byddai strydoedd culion Carneddi'n ysgwyd i'w seiliau! Hithau'n teimlo fel pe bai hi'n mygu yn y tŷ teras cyfyng ac yn ei bolltio hi am y pwt o ardd oedd yn y cefn, yn sgrechian yn fud wrth gyfri i ddeg, drosodd a throsodd.

Dros y blynyddoedd roedd Jackie wedi dysgu nad oedd dim pwynt edrych am help o gyfeiriad Alun. Nid fo oedd tad Ceri, wedi'r cwbl, er bod y ddau'n fêts o'r dechrau, a phe bai o'n cael hanner cyfle byddai yn ei sbwylio'n rhacs nes na fyddai dim modd cael unrhyw fath o drefn arni. Byddai'n fobeils a theli a duw a ŵyr pa ffasiwn arall oedd ar droed ar y pryd.

O leia doedd o ddim yn ei hambygio hi. Roedd 'na gymaint o straeon yn y papurau newydd ac ar y teledu oedd yn ddigon â gwneud i rywun droi'n llanast niwrotig ar ddwy goes! Ond roedd hi wedi penderfynu o'r cychwyn nad oedd hi am lapio Ceri mewn wadin, er bod cwffio'r demtasiwn honno wedi costio'n ddrud iddi ar adegau. Y rheol aur arall oedd na fyddai neb yn cael gweld ei dagrau, ac roedd hi wedi dod i ben â hi'n rhyfeddol.

Un o'r ychydig 'blips' oedd yr hyn ddigwyddodd rhyw fis neu ddau yn ôl, dros y Dolig. Digwydd taro ar Carwyn, oedd yn aros efo'i rieni yn ystod y gwyliau, wnaeth hi. A'i weld o yn y cnawd, er ei bod hi'n gyfarwydd iawn â gweld lliw a siâp ei lygaid ac ambell osgo nodweddiadol ohono yn ei merch, wedi'i thaflu oddi ar ei hechel am funud neu ddau.

Roedd Ceri'n cael ei gwarchod gan ei nain ar y pryd, diolch byth, a Jackie wedi picio i Fangor i weld a oedd unrhyw beth gwerth ei gael yn y sêls, ac wedi taro heibio'r Gath Dew am baned o goffi. Roedd o'n eistedd yn ei hwynebu hi pan gerddodd i mewn, a chan mai dyna'r unig fwrdd lle roedd unrhyw le gwag doedd ganddi fawr o ddewis ond sodro'i hun yno. Hynny, neu droi ar ei sawdl a rhedeg allan o'r lle fel hogan ysgol anaeddfed.

'Dolig Llawan hwyr i ti!'

'Ia, titha hefyd – am faint wyt ti o gwmpas?'

'Meddwl ei throi hi'n ôl am y mwg a'r baw bora fory. Wedi bod yn aros efo Rhodri am ryw ddiwrnod neu ddau. Ailddechra gweithio ddydd Llun . . . Ti'n edrach yn dda . . .'

'Dwi 'di teimlo'n well,' – yn flin nad oedd hi wedi cael fawr o gyfle i wneud dim ond tynnu ei gwallt hir du yn gynffon cyfleus ar ei gwar, a'r tamaid lleiaf o fascara ar ei haeliau tywyll, strempan o *gloss* ar ei gwefusau llawn. 'Ti'n gwbod fel mae hi adag Dolig, pawb ar 'u glinia, pawb isio bob dim ddoe, y Lechan fel ffair, Ceri . . .'

'Sut mae hi?'

'Llawn bywyd, 'di gwirioni efo'i phresanta newydd. Mae hi'n ein cadw ni gyd ar flaena'n traed . . .'

'Ac yn dy droi di o gwmpas ei bys bach?'

'Chafodd neb neud hynny i mi rioed . . .'

'*Tell me about it!*'

'Fasat ti'n licio gweld y llun ysgol diweddara?'

Cafodd ei hun yn estyn i'w bag llaw, unrhyw beth rhag ymateb yn rhy fanwl i'w sylw bachog. A'i wên ansicr wrth iddo syllu ar y llun yn ei hatgoffa hi o'r haf hwnnw yn naw deg pedwar, a'r wythnosau dioglyd hynny ar ôl i'r arholiadau lefel A ddod i ben. Roedd Jackie wedi penderfynu ers misoedd ei bod hi am gymryd seibiant bach cyn symud ymlaen i'r cam nesaf, tra oedd Carwyn wedi mapio'i drywydd. Doedd ganddo fawr o ddewis a chwrs deintydd yn un mor hir, a'i deulu a'r ysgol wedi gwirioni ei fod o wedi cael ei dderbyn i Gaerdydd, a chymaint yn cystadlu am le yno.

Cymraeg a Chelf oedd ei phynciau hi. Doedd wybod i ba gyfeiriad y byddai'r rheiny'n ei harwain, ac ar y pryd doedd ganddi affliw o ddim ots chwaith. Roedd hi mor braf cael gwthio'r llyfrau o'r neilltu ac ymroi i fwynhau'r haf am yn ail â charu efo Carwyn yn ystod y dydd a gweini yn y Bistro gyda'r nos.

Pan fyddai'n gadael iddi ei hun feddwl am y cyfnod yna, bron nad oedd o fel gwylio ffilm *slow motion*. Pob symudiad ac edrychiad yn ddioglyd, freuddwydiol, a hithau fel pe bai'n gorwedd ar ryw gwmwl meddal, yn hofran uwchlaw bywyd go iawn rywsut. A pha ryfedd? Roedd ei chorff yn ei baratoi ei hun ar gyfer y newid mwyaf allai ddigwydd iddo, a hithau'n gwybod ym mêr ei hesgyrn beth oedd ar droed, hyd yn oed cyn i unrhyw symptomau amlwg ddod i'r golwg.

Penderfyniad hollol ymwybodol oedd rhoi'r gorau i'r bilsen, y noson ar ôl iddi sefyll ei harholiad olaf. Rhyw ddiawledigrwydd rhyfedd efallai; naci, gwrthryfel pendant a hithau am unwaith yn ei hoes yn teimlo mai hi oedd yn rheoli'r hyn oedd yn digwydd iddi. Roedd yn deimlad braf tra parodd o, y teimlad yna nad hi oedd yr un oedd yn gorfod rhoi trefn ar y briwsion ar ôl i rywun arall blannu ei ddwrn yn y gacen.

Wnaeth hi ddim rhoi unrhyw bwysau ar Carwyn. Wnaeth hi ddim rhannu ei newyddion ag o nes iddo gyrraedd adre o Gaerdydd ar ddiwedd ei dymor cyntaf. Roedd pethau wedi dechrau llacio rhyngddyn nhw ymhell cyn hynny beth bynnag, hyd yn oed cyn iddo'i throi hi am y Brifddinas. A chafodd hi fawr o drafferth i ddod o hyd i esgusodion digon credadwy rhag mynd yno'r tymor cyntaf hwnnw, ac mewn rhyw ffordd ryfedd, roedd hi'n ddigon balch o glywed y tinc o ryddhad euog yn ei lais wrth iddi eu palu nhw ar y ffôn.

Gwnaeth yn siŵr ei bod yn cadw'n ddigon pell oddi wrth ei rieni hefyd. Nid fod hynny'n fawr o gamp a dweud y gwir, gan nad oedden nhw – yn 'bileri'r

Achos' a ballu – ddim yn troi yn yr un cylchoedd â hi a'i mam.

Mi gafodd Carwyn goblyn o sioc pan wnaethon nhw gyfarfod yn fuan wedi iddo gyrraedd adre, wrth gwrs. Hithau wedi cael hen ddigon o amser i ddygymod â'i newid byd, ac yn edrych ymlaen at eni'r babi ym mis Mawrth. Yntau prin yn dechrau dygymod â'i ryddid newydd. Ond wnaeth o erioed drio rhoi unrhyw fai arni hi, er y gallai fod wedi edliw ei blerwch iddi yn syth, a chynigiodd wneud y peth 'anrhydeddus' cyn gynted ag y gwelodd o hi. Hithau'n esbonio nad oedd unrhyw ddisgwyl iddo wneud hynny, mai ei phenderfyniad hi oedd hyn, a'i bod hi'n barod i wynebu'r canlyniad.

Ymhen rhyw ddau fis wedyn, gadawodd ei rieni'r dref. Roedd ei dad, ac yntau'n ddyn busnes uchelgeisiol, aflonydd, wedi penderfynu bod 'na fwlch yn ei farchnad arbennig ef yn y Canolbarth. Welodd hi fawr ar Carwyn wedyn, dim ond weithiau pan fyddai'n digwydd taro arno fel hyn, wrth iddo alw heibio rhai o'i hen fêts ysgol.

'Ti ffansi coffi arall?'

'Well i mi ei throi hi a deud y gwir, 'sti – wedi trefnu gweld Lyn yn Debenhams. Mi fydd hi wedi prynu hannar y siop os bydd hi yno lawar hirach!'

'Difôrs fydd hi os na watshi di!'

'Dydan ni byth wedi dod rownd i briodi, cofia. Ella tasan ni'n cael plant . . .'

A chan blannu cusan ysgafn ar ei hwyneb syn roedd o wedi'i throi hi am y siop, a'i 'Cym ofal' yn dal mor glir â chloch yn ei chlyw – er gwaetha'r sgwrsio byddarol a lenwai'r bar gwin a choffi.

Y noson honno yn y Clwb Rygbi, a hithau'n cwffio'r dagrau direol a fynnai rowlio i lawr ei hwyneb ac yn trio cael 'madael â'u hôl nhw â dŵr oer a chadachau papur yn y tŷ bach digysur, 'amser o'r mis' a'r gwin gâi'r bai ganddi. Ond pe byddai'n hollol onest doedd dim dwywaith nad oedd y sgwrs efo Carwyn wedi rhoi sgeg iddi. Nid fod ganddi unrhyw deimladau dwfn tuag ato bellach, ond am ei fod o'n ei hatgoffa hi o gyfnod diofal, diniwed. A hynny'n teimlo mor bell yn ôl erbyn hyn . . .

Neidiodd rŵan wrth i lais Ron ei hysgwyd hi o'i synfyfyrio anarferol. 'Traed dani, Jackie. Cynta'n byd y bydd y gwydra 'na wedi'u golchi, cynta'n byd y byddi di'n swatio'n y lle sgwâr 'na!'

'Mae'r ddaear yn glasu': Catrin

'Gneud rwbath sbesial heno, Catrin?'

'Y . . . nacdw . . . *chill out* bach, dwi'n meddwl . . .'

'Watsia nad wyt ti'm yn troi'n gorff, myn dian i – dwi'n *chilled* i'r asgwrn ar ôl y dybl Cem 'na pnawn 'ma. Taswn i wedi gorfod aros yn y lab 'na am lawar iawn mwy, mi faswn i wedi troi'n ffish ffingyr, dwi'n deud 'that ti!'

'Argo, ti'n mwydro weithia, Iestyn! Wela i di fory, Capdan Byrds Ai.'

Trodd Llio at ei ffrind, yn wên bryfoclyd i gyd cyn gynted ag yr oedd Iestyn – a'i fop o wallt coch – yn saff ar y bws.

'Ddim isio iddo fo wbod dy fod ti'n *closet choir singer*, Catrin Elis?'

'Taw wir, Llio! Dydw i'm isio i *bawb* wbod, 'nenwedig Iestyn a'i geg lac. Parti, grŵp, ydi o'n mynd i fod eniwê, dim côr. Hei, ti'm yn jibio, nag wyt?'

'Pwy, fi . . .? Na, o ddifri, dwi'n reit edrach mlaen, deud gwir. Fydd o'n chênj o Ryfal Cartra Mericia, beth bynnag. Dwi 'di ca'l llond bol o honno'r wsnos yma.'

'Grêt. Do'n i'm isio bod yn *tight* efo Anti Eirys, chwara teg. Mae hi'n medru bod yn gymaint o gês. Cymaint mwy cŵl na Mam. Maen nhw'n cîn i gael criw ifanc, hip fatha ni, medda hi. Ac maen nhw'n sôn am drio mynd ati i ganu petha fel *soul* a *gospel* a ballu. Dydyn nhw ddim isio cystadlu mewn steddfoda, ond mi fasan nhw'n licio mynd i Werddon i ryw ŵyl neu rwbath yn fanno'n reit fuan.'

'Gŵyl? Swnio'n siriys!'

'Nacdi! Ffordd roedd Anti Eirys yn 'i ddisgrifio fo, mae o rwbath rhwng sesh a'r Sesiwn Fawr pan oedd o. Steddfod heb y *grief.* A Baileys yn llifo fatha afon. Fedra i gôpio efo hynny – jesd abowt – dwi'n meddwl! Ac mi fasa fo'n frêc bach braf cyn i ni orfod nyclo i lawr go iawn ar gyfar y blwmin arholiada. *Roll on* yr ha', ta-ta ysgol . . .'

'Âi . . . siŵr bo' chdi'n iawn. Sôn am sesh – ti 'di clŵad be di'r trefniada ar gyfar nos Sadwrn?'

'Ro'dd Cai'n sôn rwbath am gwarfod yn yr Hen Glan a'i throi hi am yr Undab wedyn – coblyn o grŵp da yno, medda fo. Dwi'm yn cîn iawn ar y lle, deud gwir, ond fasa'm ots gen i weld Tom eto.'

'Y boi 'na oeddat ti'n *thick* efo fo yn y gig yn Time y noson o'r blaen?'

'Os ti'n galw sgwrs ugian munud a sws ysgafn ar fy moch yn *thick* . . . Y peth ydi, mi roedd o'n sôn 'i fod o'n gweithio ym mar yr Undeb bob yn ail Sadwrn, a gan 'i fod o allan *on the town* wsnos diwetha . . .'

'Be sy mor sbesial am y boi, 'lly?'

'Wel, ar wahân i'w lygada siocled brown o a'r ffaith 'i fod o'n un ar hugian, y peth mwya sbesial amdano fo ydi na wnaeth o ddim byd sbesial rîli. Dim gorchast 'ylwch-chi-fi', dim giamocs, dim tafod i lawr 'y nhonsils i o fewn pum munud.'

'Ella'i fod o'n *gay* . . .'

'Dwi'm yn meddwl, rywsut . . .'

'Sut ti'n gwbod?'

'Mae gen i *sixth sense* am y petha 'ma. "Hoyw" di'r gair, eniwê . . .'

'Gwrandwch arni *hi*, Miss Geiriadur!'

'Wel, does 'na mond un ffordd o ffendio allan, nag oes, Llio? Biti mai Sais ydi o hefyd . . .'

'*Fell in love with a bo-o-o-y* . . .' Canai ddeuawd ddiog, gryglyd efo Joss Stone tra oedd hi'n trio cael trefn ar ei nodiadau Biol yn ddiweddarach. Unrhyw beth rhag gorfod mynd at ei gwaith cwrs. Roedd y cwbl lot i fod i mewn erbyn diwedd y tymor, ac roedd meddwl am y peth yn ei blino llawn cymaint â'r profiad o ddringo'r Wyddfa ar y daith noddedig 'na y llynedd. O leiaf roedd hi'n cael ei gollwng allan am wyth, hyd yn oed os mai jesd i lawr y ffordd i dŷ Anti Eirys oedd hynny. Roedd o'n well na rhythu ar bedair wal ei stafell wely, beth bynnag.

' . . . *looking for something new . . . come kiss me by the riverside* . . .'

'Catrin! Sut goblyn wyt ti'n medru gweithio efo'r fath sŵn, dwn i'm!'

'*Miwsig*, Mam! Dim 'sŵn'! Joss Stone. Hogan chydig yn hŷn na fi. 'Di gneud ei ffortiwn yn barod. Ella mai dyna fydd fy hanas i ar ôl heno. Meddylia – fasa dim rhaid i ti boeni am dalu i fy ngyrru i drwy'r coleg wedyn!'

'*In your dreams*, chwadal chditha – jesd rho'r foliwm i lawr am funud, ia cyw?'

Ond doedd Catrin ddim yn fodlon rhoi'r gorau i'r gêm mor handi â hynny. Roedd cadw'r gwaith cwrs hyd braich am funud neu ddau arall yn apelio, ac efallai y gallai hi wanglo panad gan ei mam ar yr un pryd.

'Ennill talent comp wnaeth hi i ddechra, 'sti. Ella y dylian ninna drio am yr *X Factor*! Hen bryd i genod Cymru ddechra gneud eu marc ar honno am newid. Fedra i jesd gweld y peth rŵan – Anti Eirys a finna'n canu fatha Girls Aloud! Y gwallt, y dillad . . . Cael Anti Eirys i golli rhyw stôn neu ddwy gynta . . . Mi fasan ni'n *awesome!*'

'Fasa'n well i ti ddechra wrth dy draed, trio am Cân i Gymru neu rwbath tebyg?'

'Dechra gweld y posibiliada, wyt Mam?' gan rwbio'i dwylo at ei gilydd fel pe bai hi'n cyfri'r miloedd yn barod.

'*As if!* Foliwm! I lawr. Ocê?'

Ac mewn chwinciad roedd ei mam wedi'i throi hi'n ôl i lawr y grisiau, a Catrin yn ddi-baned a'r un mor ddiamynedd ag erioed wrth edrych ar y mynydd o ffeiliau oedd yn drwch ar wyneb ei desg ac yn dŵr simsan wrth ochr ei chwpwrdd dillad. Joss lwcus wedi symud ymlaen i 'Some Kind of Wonderful' yn y cyfamser – '*I've got everything a girl could want . . .*'

Ymhen ychydig oriau roedd y sŵn yn lownj Anti Eirys bron mor uchel â'r noson honno pan gafodd hi'r parti Ann Summers yn y tŷ yn ystod y gwyliau hanner tymor diwetha. Ei mam yn ddigon cyndyn i adael i Catrin ddod draw efo hi ar y dechrau, ond yn gorfod ildio yn y diwedd: 'Ty'd o'na, Helen! Mae'r hogan ar 'i blwyddyn ola yn 'rysgol – mi fydd hi'n dallt mwy am y petha 'ma na chdi a fi, siŵr! Fedar hi ddangos i ti sut mae'u gwisgo nhw! Geith y ddwy ohonoch chi roi *twirl* inni!'

Ei mam yn gwelwi, ond yn cael ei pherswadio yn y diwedd oherwydd y byddai cyfran o elw'r noson yn mynd at achos da, uned leol i blant awtistig. Coblyn o noson fuo hi hefyd. Yncl Gwyndaf a Bryn wedi'u banio o'r tŷ tan wedi stop tap, a Catrin yn ei helfen yn trio tecstio manylion y gwahanol greadigaethau oedd yn cael eu harddangos o'u blaenau nhw i fab ieuenga Anti Eirys,

Eifion, yng Nghaerdydd. Fo oedd y boi mwya poblogaidd yng Nghlwb Ifor y noson honno wrth i ambell lun – wedi'i dynnu'n slei ar y ffôn lôn yn lownj Anti Eirys – fflachio'u ffordd i'r Brifddinas!

Heno doedd dim byd mwy *risqué* na gwin, ychydig o nibls ac ambell daflen o fiwsig yn y golwg. Roedd Catrin yn nabod rhai o'r wynebau – Gwenda, gwraig Ron o'r Lechan Las a'r hogan bryd tywyll 'na oedd yn helpu tu ôl i'r bar. Tipyn o stynar, ddim yn annhebyg i Norah Jones. Un neu ddwy arall oedd hi wedi'u gweld yn canu efo'r Melodïau mewn rhyw noson caws a gwin yn yr ysgol adeg Gŵyl Ddewi ddiwetha.

'Gwyn 'ta coch, genod? Neu mae gen i botal neu ddau o "Bud" os ydi'n well ganddoch chi. Cofia gnoi da-da mint cyn 'i throi hi am adra 'fyd, Catrin!'

Drachtiodd hithau a Llio'n awchus yn syth o'r poteli oer a helpu eu hunain i'r creision *low fat*, cyn setlo ar y llawr rhwng y soffa a'r teli wrth i Anti Eirys waldio'r bwrdd efo llwy i gael trefn.

Erbyn diwedd y noson, er gwaetha'r holl rialtwch, roedd mwy nag un penderfyniad wedi ei wneud. Eirys yn cyhoeddi eu bod nhw'n symud ymlaen i ffurfio parti neu grŵp, '*working title* Dwsin yn y Bar – gan fod 'na un ar ddeg 'di dod heno, a dwi'n siŵr y medrwn ni gael gafael ar un fach arall i ymuno efo ni.' A chan ei bod hi'n draddodiad i'r Melodïau fynd i'r Ŵyl Ban Geltaidd bob blwyddyn, a giang wedi trefnu i fynd beth bynnag, pasiwyd mai mater bach fyddai trefnu bws mini ar wahân i'r Dwsin rhag creu unrhyw *aggro* ar y bws mawr. Byddai Eirys yn holi am sefyllfa bwcio tocynnau ar gyfer cwch cyflym y Stena hefyd, meddai.

Roedd gan ei modryb gymaint o gyts, meddyliodd

Catrin. Piti na fyddai ei chwaer fach yn medru llacio mwy weithiau! Fel arall rownd y dylai hi fod, yr ieuengaf yn gwingo yn erbyn y drefn a'r hynaf yn cadw'n glòs at y rheolau. Trystio hi i gael ei landio efo'r un fwyaf difenter!

Byddai ei mam yn siŵr o boeni ei bod hi'n mynd i ffwrdd a'r arholiadau mor agos. A'r dôn gron yn gwthio'i ffordd o'r miwsig bocs: 'Dim ond un cyfla ti'n 'i gael, cofia! Mi fydd 'na ddigon o amsar i ti galifantio am flynyddoedd eto!' Sut i werthu'r 'pacej' iddi, dyna fyddai'r gamp, a'r cur pen nesaf.

'Diolch i chi i gyd am ddod, genod,' meddai Eirys. 'A pheidiwch â phoeni am y canu yn Werddon. Mae 'na chydig o dan ddau fis i fynd, a mynd allan i joio ydan ni, cofiwch, dim i gystadlu. Mi fydd 'na gyfla i bawb 'i 'jamio' hi yn y gwesty ar y nos Wenar – mae o'n digwydd bob blwyddyn – ac mi fydd 'na hen ddigon o amsar i roi sglein ar gân werin neu ddwy ar y ffordd rhwng Dulyn a Donegal. Dim gormod o Guinness, cofiwch, neu mi fyddwn ni'n gorfod stopio bob yn ail filltir! Pawb i gwarfod yma yr un amsar yr wsnos nesa', 'ta . . .? Grêt!'

'Ella nad ydi'r busnas canu 'ma ddim yn syniad mor nyts â hynna wedi'r cwbwl!' meddai Llio wrth iddi hi a Catrin ei throi hi'n hamddenol am adre wedyn. 'O'n i'n disgwl iddyn nhw fod yn lot mwy sidêt a boring. Maen nhw'n dipyn o gesys, dydyn?'

'Ydyn! Maen nhw'n gwbod sut i gael laff, hyd yn oed os mai laff chydig yn ddiniwad ydi o weithia. Argol! Mi faswn i'n licio tasa Mam yn medru rilacsio mwy.'

'Ia, dwi'n meddwl bod Mam yn dechra ar y menopôs ne' rwbath 'fyd. Ma' hi fatha *whirling dervish* un funud, fel bechdan munud nesa. Dad druan sy'n 'i chael hi waetha . . . Cofia, ma' gan dy fam di dipyn ar 'i meddwl. Newydd ddechra ar y job newydd 'na yn y coleg a ballu.'

'Ia, ond dydi o ddim fatha tasa hi'n darlithio'n y Brifysgol na dim felly, nacdi?'

'Fasat *ti'n* licio sefyll o flaen llond rŵm o stiwdants y Tec?'

'Mi fydda i'n meddwl weithia y basa'n well i mi fod wedi mynd yno ar ôl y Pumad. O leia maen nhw'n dy drin di'n llai fatha plentyn yna.'

'Dim ots. S'nam llawar i fynd eto. Meddylia, os eith bob dim yn iawn, mi fyddwn ni'n cael gneud yn union fel liciwn ni mewn rhyw chwe mis! Lolian yn ein gwlâu tan ganol bora os ydan ni isio, partis tan berfeddion, hogia'r Sowth yn lystio'n wirion am ein cyrff folyptiwys ni!'

'Callia, Llio! Ti 'di bod yn darllan gormod o *chick lit* a'r plots 'na sy'n ffitio at 'i gilydd fel jig-sos twt! Croeso i'r byd go iawn, hogan! Hei, wela i di fory.'

'*Ciao*, Diva Catrina!'

Roedd Catrin yn dal i wenu wrth iddi droi i mewn i'r dreif. Hiwmor waci Llio, *feel good factor* criw Dwsin yn y Bar, Iwerddon . . . Roedd yr awel wedi cynhesu dipyn ers y bore, ac wrth iddi nesáu at y drws ffrynt sylwodd fod un neu ddau o'r blodau cennin Pedr ar fin agor eu petalau. Estynnodd am ei goriad. Efallai na fyddai hi ddim mor anodd â hynny i berswadio'i mam mai Donegal oedd yr *in* lle i fod ynddo'r gwanwyn yma wedi'r cwbl.

'Tra bo dŵr y môr yn hallt'

'Diolch byth ei bod hi fel llyn llefrith bore 'ma!'

Fu Gwenda erioed yn fawr o longwr, ac os byddai unrhyw fath o ymchwydd ar y don, neu'r awgrym lleiaf fod y cwch yn dechrau rowlio, eistedd yn berffaith lonydd fyddai ei harfer, a gwydraid reit helaeth o G&T yn angor rhwng ei dwylo.

Roedd hi'n dal i gochi weithiau wrth gofio am y smonach wnaeth hi ar y trip ysgol hwnnw i Baris efo'i chyd-ddisgyblion yn y Bangor Grammar School for Girls nôl yng nghanol y saithdegau. Er bod goleuadau Calais yn dod yn nes ac yn nes, a'r tonnau gryn dipyn mwy tyner erbyn hynny, fe fu'n rhaid iddi ruthro o'r caffi ar y cwch wrth i'r sgod a'r sglods seimllyd wrthryfela yn ei stumog. Methu â chyrraedd y bog mewn pryd a'r cyfan yn ffrwydro ohoni ar y trothwy fel roedd Morfudd 'Moue', yr athrawes Ffrangeg, yn dod allan oddi yno. Ei chostiwm hufen golau yn edrych fel cynfas wedi'i sgeintio efo patrymau *art nouveau* ar hap, a'r arogl sur yn gwneud i'w ffroenau blycio'n fwy ffyrnig nag arfer.

'Dydi rhywun yno mewn dau chwinc beth bynnag ar y Sea Cat 'ma!' meddai Eirys, ei llygaid yn sgleinio wrth iddi edrych allan drwy'r ffenest a gwylio'r gath fôr fetel yn sgimio wyneb y tonnau mor ysgafn â dolffin, ei thrwyn i gyfeiriad yr Ynys Werdd.

'Edrach mlaen!' meddai wedyn, gan ochneidio'n ysgafn a gwneud ei hun yn fwy cyfforddus yn ei sedd. Roedd hi a Gwenda wedi bod yn lwcus ac wedi llwyddo i gael dwy sedd nesaf at y ffenest a bwrdd hwylus rhyngddynt.

Cododd ei llaw ar ei nith a'i ffrind Llio oedd wedi mynd yn syth am y ciw brecwast ar y llawr nesaf. Roedd Catrin mewn hwyliau da hefyd yn ôl pob golwg, yn siarad pymtheg yn dwsin ac yn chwerthin yn harti. Byddai egwyl oddi wrth ei llyfrau ysgol yn gwneud byd o les iddi, fel roedd hi wedi darbwyllo Helen o'r diwedd. 'Ac mi fydd yn dda i titha gael brêc oddi wrth Catrin hefyd. Cyfle i ti a Gruff gael pum munud tawel i chi'ch hunain. Pam na wnei di fwcio noson neu ddwy i'r ddau ohonoch chi mewn gwesty, sbwylio'ch hunain yn iawn?'

Roedd y berthynas rhwng mam a'i merch mor gymhleth, ac yn faes ffrwydron gyda'r mwyaf dyrys i'w groesi ar adegau. Dim ond o un safbwynt y gwyddai Eirys hynny, wrth gwrs. Ond wrth i'w hormonau ddechrau troi'n anwadal braidd dros y misoedd diwetha 'ma, câi ei hun yn synfyfyrio weithiau am y math o berthynas a gawsai â'i merch, pe bai hi wedi cael un. Roedd hi'n ddigon hawdd damcaniaethu a delfrydu, ond mater arall hollol oedd troedio'r ffin denau honno rhwng trio cadw at y ddelfryd a byw yn y byd go iawn.

O'i rhan hi a'i mam, llithro i'r hen drefn fydden nhw'n ddiarwybod bron, yn enwedig pan fyddai Eirys yn galw heibio cartref ei rhieni yn Nhrearddur. Y ffaith bod ei mam bellach yn ei saithdegau a hithau'n tynnu am ei hanner cant yn amherthnasol bron wrth i'r ddwy chwarae rhannau traddodiadol y fam a'i phlentyn. Ond rhagwelai fod ei pherthynas â'i thad ar fin newid yn o sylfaenol, a'r arwyddion fod ei gof yn dechrau pylu'n dod yn amlycach o wythnos i wythnos bron.

Yn gyn-reolwr banc deinamig na feddyliai ddwywaith am gario colofnau cyfan o ffigyrau yn ei ben pan oedd yn ei anterth, fe'i câi hi'n anodd bellach i gyfri'r newid mân yn ei waled yn gywir. Roedd y pyliau bach diweddar 'ma lle byddai'n 'gadael' ei gorff am gyfnodau byr, er bod ei lygaid yn agored, yn gwneud i rywun amau ei fod yn dechrau cael strôcs bychan, a'r diffyg yn llif y gwaed i'w ymennydd yn dechrau gadael ei ôl.

Diolch byth ei fod wedi penderfynu ymddeol i Fôn, eu hen gynefin a lle cafodd Eirys ei magu, ar ôl treulio rhai blynyddoedd yn Nolgellau. Siwrnai gymharol fer oedd hi dros y Bont i ogledd-orllewin yr Ynys o'i gymharu. Er bod lôn gyflym yr A55 fel craith lwyd drwy ganol rhyw dir neb digymeriad, roedd rhywun yn llyncu'r milltiroedd, a gallai fod yn Blas Heli mewn cwta hanner awr. Ond heddiw roedd yn braf cael troi ei chefn, yn llythrennol, ar Fôn a Dyffryn Ogwen a chyfrifoldebau teuluol dyrys. Dim ond am ddwy noson fydden nhw i ffwrdd, wedi'r cwbl. Teimlai ei llygaid yn dechrau trymhau a grŵn y lleisiau o'i chwmpas yn ei hatgoffa o fis Gorffennaf diwetha, gorweddian yng ngardd y fila yn Creta, hithau'n diogi'n braf ar y *lounger* a neb na dim ond y gwenyn yn brysur . . .

'Braf arni hi!' meddyliodd Gwenda o weld Eirys yn diosg rhyw ddeng mlynedd oddi ar ei hoed wrth i gyhyrau ei hwyneb lacio, a hithau'n dechrau hepian yn ysgafn prin chwarter awr ar ôl gadael Caergybi. Doedd dim argoel bod y cwlwm tyn yng nghanol ei stumog hi ar fin llacio chwaith. Fu hi erioed yn un dda am godi'n fuan a symud yn sydyn cyn cŵn Caer. A dim ond rhyw lymaid sydyn o goffi du a brathiad o dost fedrai hi eu stumogi cyn mynd i gyfarfod y bws mini oedd wedi cyrraedd o flaen y Lechan am chwarter i wyth ar ei ben.

Roedd Ron yn dal yn y gawod pan adawodd hi. Fel arfer byddai wedi hen ddechrau ar ddyletswyddau'r dydd; fel arfer byddai hithau'n dal i fwynhau ei chyntun; fel arfer byddai wedi syrthio i gysgu yn ei goflaid y noson cynt heb fod fawr ddim mwy na hynny wedi digwydd rhyngddynt. Ond yn anarferol neithiwr – a Gwenda ar fin gadael ei milltir sgwâr am y tro cyntaf ers oesoedd – fe gafodd y ddau eu hunain yn effro yn yr oriau mân, yn estyn am ei gilydd fel yn yr hen ddyddiau. Rhythmau cyfarwydd eu caru'n mynd â'u gwynt yn lân, a'r dillad gwely'n un sgrwtsh blêr, llaith amdanynt erbyn y diwedd.

Yn lle ymollwng i gysgu wedyn roedd hi wedi gorwedd yno rhwng cwsg ac effro, yn poeni na fyddai'n clywed y larwm ac yn colli'r bws. A'r atgofion yn mynnu llifo; hithau'n trio dwyn i gof pryd fu'r tro diwetha i'r ddau ohonyn nhw fod mor naturiol agored efo'i gilydd yn y gwely, a'r tu allan iddo. Roedd eu caru wedi bod yn rhywbeth mor bwrpasol am gyfnod mor hir, ac ar ôl y golled ddiwetha 'na – yr 'erthyliad naturiol', chwedl hwythau, bedair blynedd yn ôl – roedd Ron wedi mynd i'w thrin hi fel rhyw ddoli dsieina rhwng y cynfasau. Profiad mor gysurlon â phlanced feddal neu ddiod llefrith cynnes ar y dechrau, ond wrth i'r misoedd bowlio yn eu blaenau roedd y peth wedi dechrau rhygnu ar ei nerfau, a hithau'n dyheu am iddo'i thrin fel dynes yn ei hoed a'i hamser yn lle rhyw hogan frau nad oedd wiw i'r gwynt chwythu arni.

Ac yn ddiweddar, ers iddo benderfynu rhoi'r gorau i'w waith fel saer coed er mwyn rhedeg y Lechan, pledio blinder neu ddiffyg egni a wnâi Ron yn rhy aml o lawer pan fyddai hi'n troi i afael amdano, neu'n cusanu ei wegil yn awgrymog. Colli'r closio a'r agosatrwydd, teimlad cartrefol eu cyrff yn ffitio'n dwt i'w gilydd, yn fwy na'r caru ei hun, yr oedd hi mewn gwirionedd.

'Anti Eirys yn gwneud yn saff ei bod hi'n cael digon o *beauty sleep* ar gyfer heno!' Llais llawn chwerthin Catrin ddaeth â hi'n ôl i realiti cymharol syml y presennol.

'Gad iddi, mi wneith o fyd o les iddi ar ôl yr holl waith trefnu a ballu. Mae hi wedi bod yn rhedeg fel iâr heb ben y dyddiau diwetha 'ma.'

'Do, dwi'n gwbod. *Sweet dreams*, Anti Eirys, a llawar ohonyn nhw. Mi fydd gofyn iddi gael yr holl rest sydd 'i angan os ydan ni am wneud noson iawn ohoni,' ychwanegodd Catrin. 'Does gen i ddim syniad sut beth ydi sesiwn jamio gwerin, ond os ydi'r hyn maen nhw'n ei ddeud am y *craic* ym mhybs Werddon yn wir, mi fyddwn ni'n fflio cyn ei diwedd hi!'

Ac ymlaen â hithau a Llio am y *duty free*. Roedd y persawr Stella gafodd hi ar ei phen-blwydd y llynedd bron â gorffen, a'r ewros roddodd ei thad iddi cyn cychwyn o'r tŷ yn llosgi yng ngwaelod ei handbag arian *Gucci-look*, £19.99 o H&M.

'Waw! Sbia ar hwn, Catrin! Bargan! Dwi 'di bod yn ffansïo'r *plumping gloss* Dior 'ma ers *ages*.'

Ond roedd 'na sglein o fath gwahanol yn llygaid ei ffrind y funud honno wrth iddi daro cip bach sydyn, slei eto ar decst diwetha Tom ddaeth drwodd yn hwyr neithiwr, fel roedd hi'n trio penderfynu a oedd lle i'r gôt Next yn ei chês ac yn rhagweld y byddai'n rhaid iddi – fel rhyw gymeriad cartŵn – eisteddd ar ei glawr er mwyn ei gau.

Haia Kit-Kat! Enjoy but dnt be going off with any
funny little men in green hats! C u soon. T x

Y groes fach 'na ar ddiwedd y neges oedd wedi'i
phlesio'n fwy na dim, am mai dyna'r tro cyntaf iddo
gynnwys un. Hogyn o Swydd Efrog oedd Tom, a doedd
o ddim yn foi am ryw gwafars ffansi a geiriau llanw. Ai
teimlo'n flysiog ar ôl peint neu ddau ar ddiwedd noson
oedd o, neu oedd yr 'x' 'na'n rhywbeth yr oedd o wedi
meddwl yn hir amdano cyn ei gynnwys?

Pa ots! Roedd hi wedi trywanu'r awyr efo'i dwrn a
gweiddi 'Yeeeeees!' *à la* Meg Ryan yn y ffilm *When Harry
Met Sally* gan luchio'r gôt i ben pella'i stafell wely ar ôl ei
throi'n wyllt uwch ei phen fel rhyw *cheerleader* ar sbîd.

Troi at ei chyfrifiadur wedyn a dal ei bys ar y botwm
'X' nes iddi greu paragraff cyfan ar y sgrîn cyn gorffen y
patrwm efo rhes o 'T's, yn bileri bach twt i ddal y cyfan
i fyny. Hynny'n saffach a doethach peth nag ateb y tecst
yn syth, meddyliodd. Gwell mynd dros ben llestri ar ei
laptop na chwydu geiriau difeddwl ar y ffôn a dychryn
beth bynnag oedd yn swatio rhwng ei eiriau.

Aeth bron i chwe wythnos heibio erbyn hyn ers iddi
hi a Tom gyfarfod ym Mar yr Undeb. Dipyn o sgŵp, neu
felly roedd hi wedi edrych ar y peth i ddechrau. Hogan ar
ei blwyddyn ola yn yr ysgol a stiwdant ar ei ail flwyddyn
yn y coleg. Ac nid rhyw foi dwylo meddal, chwaith, ond
deifar, yn dilyn cwrs gradd yn yr Adran Eigioneg. Câi
ei hun yn gwenu'n wirion wrth feddwl amdano fo, ar yr
adegau mwyaf anghyfleus yn ddiweddar.

Dim ond yr wythnos ddiwetha roedd hi wedi cael ei
dal yn y wers Gemeg, a Moleciwl Mal wedi gwneud iddi
deimlo'n rêl chwech wrth iddo dynnu sylw pawb arall

yn y dosbarth at y ffaith nad oedd hi wedi clywed gair o'i gwestiwn, ei llygaid hi mor bell â rhai Britney Spears. Ond pa angen côc pan oedd hi'n medru cael ei ffics am ddim wrth syllu i fyw llygaid brown-siocledi-Lindor Tom Westley, heb sôn am deimlo'i wefusau'n goglais ei chroen hi yn y mannau mwyaf annisgwyl?

'Cat? Ti'n meddwl bod y lliw 'ma'n fy siwtio fi . . .?' Lapiodd ei mobeil yn ofalus ym mhlygion y nicer sbâr 'sidan' a lechai yng ngwaelod ei bag, a dilynodd lais Llio i berfeddion y silffoedd colur a phersawr.

Wrthi'n hwylio Ceri i gael ei gwarchod gan ei mam oedd Jackie fel roedd y Sea Cat yn llithro allan o borthladd Caergybi. Roedd hi wedi gobeithio am gawodydd Ebrill, a'r rheiny'n cael eu gyrru gan wynt cryf, sbeitlyd. Fe fyddai wedi bod yn haws dygymod, rywsut. Ond y peth cyntaf a deimlodd hi cyn agor ei llygaid y bore 'ma oedd gwres tyner, nodweddiadol o haul y gwanwyn, ar ei hwyneb.

Bron nad oedd werth iddi fynd drwy'r holl strach o fentro allan. Oherwydd y tywydd braf fe fyddai'r Ganolfan Hamdden fel Tesco drannoeth y Dolig, yr oriau'n llusgo a hithau'n cael gormod o amser i feddwl a dychmygu wrth iddi ddal ei dwylo y tu ôl i gownter y caffi. Rhwng y Ganolfan a'r Lechan byddai'n meddwl weithiau nad oedd ei bywyd yn ddim byd ond un cownter fformica diddiwedd y dyddiau yma. A dyma hi, fel roedd hi'n dechrau teimlo'i hun yn estyn ei hadenydd fymryn bach efo Dwsin yn y Bar, yn eu cael nhw wedi eu clipio eto.

Ond doedd hi ddim haws â chwyno. Roedd hi angen y pres ac roedd Cath, ei mam, wedi trefnu'r trip wicend i Blackpool ers wythnosau, chwarae teg. Ac am unwaith fedrai hi ddim chwaith weld bai ar Alun oedd wedi cael cyfle i weithio ar job teilsio fawr efo mêt i fêt i lawr tua Aberystwyth 'na'n rhywle. Ceginau newydd mewn rhyw ddatblygiad *executive,* a'r datblygwyr wedi anfon SOS am fod y cwmni gwreiddiol wedi eu siomi. Doedd ganddo ddim dewis ond gweithio drwy'r penwythnos i orffen y job mewn pryd.

Diolch bod ei mam ar gael i warchod heddiw. Oherwydd y trip i Blackpool roedd hi wedi trefnu i adael ei salon gwallt yng ngofal Cheryl, yr is-reolwr, er mwyn iddi gael hel ei phethau'n barod am ei phenwythnos efo Vic, ei 'phartner' diweddaraf. Roedd o'n foi iawn, chwarae teg, ac yn meddwl y byd o'i mam. Fu hi ddim yn hawdd iddi ar ôl i'w thad godi ei bac mor ffwr-bwt, hwythau'r genod yn eu harddegau cynnar a Cath ond newydd droi'r deugain. Ac er i ambell 'Vic' arall ymddangos o bryd i'w gilydd dros y blynyddoedd, roedd Victor Miles yn wahanol rywsut. Roedd y gŵr gweddw'n galon i gyd, a'i mam wedi llonni drwyddi ers iddyn nhw ddatblygu'n 'eitem' ychydig fisoedd yn ôl.

'Ti'n barod 'ta, pwt?'

Bowndiodd Ceri i lawr y grisiau, yn edrych ymlaen at fore gyda'i 'Nan-nan Cath'. Tybed fedrai hi ei pherswadio i dynnu'r *crimpers* allan, eu cynhesu a throi ei gwallt tywyll syth yn donnau bach meddal meddal fel y rheiny welson nhw ar lan môr Llanddwyn efo Yncl Vic yr wythnos diwetha?

'Pam ti'n crio, Mam?'

'Dydw i ddim, pwt. Rhyw hen flewyn wedi mynd i mewn i un o'n llgada fi, dyna'r cwbl.'

'Fydd o'n iawn erbyn fory, bydd? Rydan ni'n dal i fynd i Landudno ar y bỳs a cha'l tecawê ar ôl dod adra, tydan?'

'Ydan siŵr, yr hen folgi!'

'A sbio ar DVDs efo'n gilydd wrth fyta gan nad wyt ti'n gorfod mynd i'r Lechan . . .?'

'Ia, iawn . . . Ty'd reit handi, meiledi! Mi fydd dy Nan-nan Cath yn dechra poeni lle wyt ti ac mi fydda inna'n cael y sac os na watshiwn ni!'

'Dod dy law': Gwenda

Fu hi erioed mor falch o gyrraedd unrhyw le! Bu'n bedair awr o siwrnai yn y bws mini ar ôl dod oddi ar y Sea Cat, a dim ond un stop i ymestyn eu coesau a chael paned sydyn dros y ffin yng Ngogledd Iwerddon cyn ei throi hi'n ôl am y Weriniaeth a thref Donegal. Diwrnod hir a hithau'n crefu cwsg, fel adyn sychedig mewn anialwch erbyn hyn.

Rhyfedd fel roedd milltiroedd olaf cymaint o siwrneiau'n medru teimlo mor ddiflas o ddiddiwedd. Wrth i'r bws basio heibio tref Lifford gan ddirwyn yn hamddenol drwy Ballybofey, syllodd Gwenda i gyfeiriad mynyddoedd y Blue Stack yn tyrru i'r dde ohoni, a chydiodd rhyw deimlad afresymol ynddi nad oedden nhw byth yn mynd i gyrraedd glan.

Ond fel roedd hi'n dechrau anobeithio dyma'r dref yn dod i'r golwg mwyaf sydyn, a buan roedd y gyrrwr wedi tynnu i fyny o flaen gwesty'r Hyland Central ac yn dechrau dadlwytho'u paciau. Roedd y lle wedi cael ailwampiad dros y misoedd diwetha; pob stafell yn *ensuite*, ac roedd 'na bwll nofio, stafell stêm a sawna hefyd. Tipyn o gamp oedd cael lle mor hwyr yn y dydd ac am bris mor rhesymol. Rhyw barti o'r Alban wedi gorfod tynnu'n ôl ar y munud olaf mae'n debyg, ac Eirys wedi digwydd cysylltu toc ar ôl i'r rheolwr roi'r ffôn i lawr ar yr arweinydd anffodus, gan ddiawlio'r 'fickle Scots' dan ei wynt.

Er nad oedd fawr o olygfa, a'u bod nhw ar y llawr uchaf, roedden nhw'n stafelloedd moethus. Biti na fyddai hi wedi cymryd mwy o sylw o'r manylion yn y daflen cyn iddyn nhw gychwyn hefyd; fe fyddai hi wedi bwcio sesiwn *massage* yn y salon.

Teimlai'n rhynllyd, fel y byddai bob amser pan oedd hi wedi blino at yr asgwrn, er iddi wneud paned o 'de tramp' iddi ei hun a sglaffio sgedan. A doedd dim *minibar* yn eli i'r galon yn anffodus. Fel arall, fe fyddai hi wedi cael ei themtio i gladdu jin go sownd, waeth pa mor ddrud. Yn niffyg hynny lapiodd ei hun yn y dwfe meddal a chanu grwndi bach yng nghefn ei gwddw wrth deimlo'r defnydd synhwyrus yn cau amdani fel cwmwl.

'Glywish i hynna! Paid ti â meiddio diflannu i ebargofiant a cholli'r hwyl i gyd!'

Roedd Eirys yn mwydo yn y trochion sebon ac wedi cael ail wynt ar ôl hepian o bryd i'w gilydd ar y ffordd.

'Dim ond napan bach, 'na'r cwbwl. Argian! Ti'n fisdras galad! Mae gynnon ni awran go lew cyn bod ni'n cwarfod i lawr grisiau yn y bar, does?'

'Oes. Dwi 'di bwcio bwrdd i ni gael bwyd 'fyd rhag ofn i ni gael ein dal. Mi fydd hi'n dda yn yr Abbey heno. Sesiwn anffurfiol. Cyfla i'r Dwsin ddangos i Donegal be 'di canu gwerin go iawn. Ac mi fydd yn bractis gwerth chweil inni. Mi fydd hi'n dipyn llai o straen canu'n gyhoeddus ymhell oddi cartra am y tro cynta.'

'Mmmm . . .'

Estynnodd am ei ffôn bach yn ddioglyd a phwyso'r rhif cyfarwydd. Roedd mwythau'r dwfe wedi'i hatgoffa o'r caru neithiwr, wedi codi rhyw hiraeth annisgwyl ynddi . . .

'Llechan Las.'

'Hei! – jesd gadal i chdi wbod bod ni wedi cyrradd yn saff.'

'Grêt. 'Na un peth yn llai i mi boeni amdano fo o leia.'

'Be sy? Ti'n swnio fel tasat ti ar biga braidd.'

'Yr hogan newydd 'ma sy'n ara deg yn dod i mewn iddi . . . Dydi Jackie ddim ar gael wicend 'ma, nacdi . . . Bob dim yn cymryd mwy o amsar.'

'Wna i ddim dy ddal di, 'ta. Jesd ffansi clywad dy lais di. Meddwl am neithiwr . . .'

'Ia . . . wel . . . well i mi fynd. Mae un o'r pympia ar y blinc.'

'Cofia amdanan ni'n nes mlaen heno, beth bynnag – ein *première* ni. Anfon y feibs . . .'

Ond roedd o wedi rhoi'r ffôn i lawr yn barod, a hithau'n difaru ei henaid ei bod wedi trafferthu cysylltu o gwbl; hud yr oriau mân wedi chwalu, mor greulon o bendant â gwydr peint yn syrthio'n deilchion ar lawr y Lechan.

Cododd ei chalon fymryn wrth glywed tincian y gwydrau a sŵn y cyrc cyndyn yn llacio yng ngyddfau'r poteli gwin yn ddiweddarach. Gwenodd ar y criw o gwmpas y bwrdd hirsgwar ym mhen pellaf y bar. Diolch am ffrindiau da a thriw, am Eirys yn enwedig.

Roedden nhw'n rhyw how nabod ei gilydd ers blynyddoedd, ers i Eirys ddechrau dod â'r hogiau i'r llyfrgell pan oedden nhw'n ddim o bethau. Ond dim ond ers i'r ddwy ymuno efo'r côr rhyw ddwy neu dair blynedd ynghynt y daethon nhw i nabod ei gilydd yn well. Y peth braf am Eirys oedd nad oedd unrhyw gwafars o fath yn y byd yn perthyn iddi. Roedd yn ei derbyn hi, Gwenda, yn union fel yr oedd hi, a hithau yn ei thro'n medru ymlacio'n braf yn ei chwmni.

Bu hynny'n beth reit brin yn hanes Gwenda dros y

blynyddoedd. Hyd yn oed yng nghanol criw hwyliog fel y Dwsin roedd yr hen ansicrwydd yn dal i'w phoenydio o bryd i'w gilydd, fel rhyw bwt o ddraenen yn crafu'r cnawd tyner ar ben bys. Yn teimlo, er ei bod hi'n cymryd rhan yn y ddrama, mai ar gyrion y llwyfan yr oedd ei lle hi go iawn.

'From which part o' Wales would you be then?'

Doedd dim byd fel acen Wyddelig hamddenol i gynhesu'r ysbryd, diolch byth, ac wrth fflyrtio'n reddfol â'r boi pryd tywyll a gariai eu bwyd at y bwrdd, penderfynodd Gwenda ymroi i fwynhau'r noson er gwaethaf ei sgwrs bigog efo Ron yn gynharach.

'Sláinte!' Os oedd 'na awgrym o frwdfrydedd gwneud yn ei llais wrth iddi gyfarch y gweddill, roedd 'na edrych ymlaen go iawn hefyd, a gwenodd wrth godi ei gwydr a gweld y gwin yn dawnsio'n bryfoclyd ynddo.

Roedd yr hyder ar gynnydd erbyn iddyn nhw gyrraedd yr Abbey tua awr yn ddiweddarach. Nid yn gymaint oherwydd effaith y gwin ond am eu bod nhw'n teimlo rhyw rwymyn anweledig yn eu cydio; criw o wynebau cyfarwydd yn rhannu pryd o fwyd mewn tref ddieithr ymhell oddi cartref, ac yn gwybod eu bod nhw ar drothwy menter newydd yn eu hanes. Roedd yr awyrgylch – eisteddfod anffurfiol, heb bwysau cyfyngiadau cystadleuaeth – yn ychwanegu at y *craic* oedd yn lledu fel si drwy'r bariau hwyliog.

'Yn y cefn fydd y canu'n digwydd! Newydd gael sgwrs efo un o'r genod sy'n trefnu. Maint cartrefol, jesd digon o lwyfan fel nad ydi pawb ar yr un lefal, ond dim gormod i godi braw.'

Pefriai llygaid Eirys wrth iddi edrych ymlaen at yr her o berfformio, at wireddu'r freuddwyd a ddeilliodd o'r noson ddiflas honno o ymarfer yn neuadd yr ysgol.

'Un dros y galon, Eirys?'

'Diolch iti, Gwenda. Dim ond un, cofia, neu mi fydda i'n dechra slyrio fy nodau fel Gresi Jôs druan. Ti'n 'i chofio hi'n cystadlu ar yr emyn dros chwe deg yn steddfod Llan llynadd? Argian, mi fu hi'n anodd imi gadw gwynab syth a finna'n cyflwyno a bob dim. Yr hen graduras.'

Mentrodd Gwenda i ganol y rhes cwsmeriaid a gwffiai'n gyfeillgar am sylw'r tri oedd y tu ôl i'r bar. Gallai gydymdeimlo i'r byw efo nhw; yn wir, bron nad oedd hi'n cael ei themtio i dorchi ei llewys a chynnig ei gwasanaeth, ond roedd 'na rywbeth reit braf am gael bod yr ochr yma i'r cownter am unwaith hefyd, a theimlo'i hun yn cael ei chario gan symudiad naturiol y dorf. Mwynhau miwsig y gwahanol acenion Celtaidd. Gadael i'r nodau anghyfarwydd olchi drosti . . .

Mi gymerodd hi dipyn o amser iddi ddod o hyd i'w synnwyr cyfeiriad ar ôl bod yng nghanol y wasgfa wrth y bar cyhyd, a fedrai hi ddim gweld golwg o Eirys yn unlle pan ddaeth hi allan y pen arall. Roedd y lle wedi llenwi mor sydyn, a lefel y sŵn wedi cynyddu wrth i fwy nag un parti dynion daro heibio ar gyfer y canu. Gallai weld ambell wyneb cyfarwydd. Wrthi'n dirwyn eu ffordd at y bar roedd rhai o griw Meibion Llywarch, yn mwynhau ei hochr hi yng nghwmni parti o ddawnswyr Gwyddelig. Draw ar un o'r soffas lledr o dan y ffenest fwa chwarddai ambell hen stejar o Barti'r Efail yn uchel wrth rannu jôc efo criw o'r Alban, yn ôl y faner oedd wedi'i thaenu fel carthen dros ysgwyddau un ohonyn nhw. Ond lle aeth y Dwsin? Roedd hi'n dechrau meddwl eu bod nhw wedi cael traed oer a'i heglu hi, ei gadael hi i'w chrogi . . .

'Gwenda!'

Fel roedd yr hen 'sictod yn bygwth ei tharo clywodd lais Catrin fel pe bai'n dod drwy dwnnel.

'Gwenda!'

A throdd i'w gweld yn codi ei llaw ac yn ei chyfeirio i'r bar drws nesaf. 'Anti Eirys *one step ahead* fel arfar ac wedi bachu'r gongol bach yma inni. Ond mae hi wedi cael ei deifyrtio braidd!'

Amneidiodd â winc at y bar lle roedd ei modryb yn ddwfn mewn sgwrs â boi canol oed, cartrefol yr olwg, cnwd o wallt cyrliog brown, ac ôl tywydd – neu ambell beint o gwrw efallai – ar ei fochau.

Camodd Gwenda ati'n ansicr, gan deimlo diferion o win gwyn yn nadreddu rhwng bysedd ei llaw dde. Hofran am eiliad neu ddwy nes i Eirys sylwi a throi i dderbyn y gwydr. Roedd rhyw wrid rhyfedd ar ei hwyneb, a thôn ei llais fymryn yn uwch nag arfer wrth iddi gyflwyno'i chydymaith wrth y bar.

'O! Ddrwg gen i, Gwenda! Digwydd taro ar hen ffrind coleg. Clem. O Bontardawe. Heb weld ein gilydd ers blynyddoedd . . .'

'Shw-mai! Edrych mla'n at eich clywed chi i gyd yn canu nes mla'n. Eirys yn gweud bo' chi'n ca'l hwyl teidi arni.'

'Wel . . . 'dan ni'n mwynhau, beth bynnag. Dim ond gobeithio na wnawn ni ddim gwagio'r bar.' Clywai ei hun yn chwerthin yn nerfus fel hogan ysgol anaeddfed. 'Gadwa i le i ti, Eirys . . .'

A dilynodd weddill criw'r Dwsin oedd wedi penderfynu ei throi hi am y stafell gefn wrth i arweinydd y sesiwn annog pawb i gymryd eu lle gan fod y canu ar fin dechrau. Y cyntaf i'r felin fyddai hi.

O edrych yn ôl ar y noson, am sawl wythnos a mis wedyn, nid ymddygiad ffrwcslyd Eirys wrth y bar, na'r teimlad o banig myglyd, na hyd yn oed eu perfformiad cyntaf fel parti, a arhosai yng nghof Gwenda. Ond yn hytrach hiraeth cignoeth Iwerddon yn llais syfrdanol y gantores o Galway a agorodd y sesiwn yng nghefn yr Abbey.

Doedd hi'n fawr o beth o ran maint ei chorff, ac ar yr olwg gyntaf doedd hi ddim chwaith yn debyg i'r darlun traddodiadol o ferch Wyddelig. Yn lle'r gwallt hir tywyll, yr aeliau duon a'r gruddiau iach nodweddiadol, gwallt golau oedd gan hon, wedi'i dorri'n gwta, gyfoes, a'i gwedd yn ddigon di-liw. Ond y munud y dechreuodd ganu i gyfeiliant ei thelyn fechan tawelodd y criw yn y stafell gefn, a buan y synhwyrodd y rhai oedd yn cymdeithasu'n swnllyd yn y bariau fod rhywbeth yno oedd yn werth gwrando arno. A chan gydio yn eu peintiau dyma ddechrau crwydro i'r cyfeiriad hwnnw o un i un, fel pe baen nhw'n cael eu denu gan ryw bibydd hud.

Mae'n debyg mai dim ond pum cân ar y mwyaf oedd set fer Nuala O' Shaughnessy, ond yn y munudau hynny fe deithiodd Gwenda flynyddoedd yn ôl yn ei hanes, i'r parlwr cefn cyfyng hwnnw yn Stryd y Gogarth, Hirael. Yn ôl i'r munudau llonydd, prin pan fyddai hi a'i mam yn diosg eu sgidiau, yn mestyn eu coesau i orffwys ar y bwrdd coffi, ac yn cau eu llygaid wrth wrando ar rai o hoff recordiau Vera. Joan Baez, Julie Felix, Piaf . . .

Doedd dim yn well gan Vera na chael ei chymharu â Piaf, rhywbeth y mentrai Gwenda ei wneud o bryd i'w gilydd, nid yn gymaint am fod hynny'n ei phlesio ond am fod rhywbeth amdani oedd yn od o debyg i'r gantores Ffrengig. Un fechan o gorff a rhyw gyfuniad rhyfedd o freuder a gwytnwch yn perthyn iddi. Ond er bod ei mam wrth ei bodd yn mwmian canu o gwmpas y tŷ pan oedd yn ei hwyliau, go brin y byddai wedi ennill gwobr erioed pe bai hi wedi mentro ar lwyfan eisteddfod.

Ei merch oedd ei huchelgais hi beth bynnag. Hynny, yn fwy nag unrhyw sêl genedlaetholgar dros yr iaith, wnaeth iddi anfon Gwenda i Ysgol Gymraeg St Paul's yn y ddinas. 'Criw bach neis yno, lot o'u rhieni nhw'n gweithio'n y Coleg, 'sti.' Byddai Vera bob amser yn yngan y gair efo 'C' fawr a'r mymryn lleiaf o ddyheu hiraethus.

Ei thad yn wincio'n gynnil arni, i ddangos ei fod o'n deall ac yn cydymdeimlo, ac i'w hatgoffa mai poeni am ei lles hi oedd ei mam, a'i bod i'w chanmol am drio gwneud yn siŵr na fyddai Gwenda'n dioddef am iddi gael ei geni 'yr ochor rong i Siliwen', fel y gwelai Vera bethau.

Ond fel a ddigwyddai'n ddi-feth wrth ddwyn y stafell honno i'r cof, deuai cysgod y Noson Erchyll i'w hymlid, fel adenydd brain yn taro yn erbyn ffenest. Ei mam yn mynd allan i'r WI ym Mhenrhosgarnedd – rhyw nòd bach arall i gyfeiriad parchusrwydd – gan ei gadael hi a'i thad gartref o flaen y teledu. Ac yna, lai nag awr yn ddiweddarach, y cyfuniad bisâr hwnnw o chwerthin gwneud rhyw sioe gomedi'n gymysg â sgrech ambiwlans, a'r paramedics yn rhuthro heibio iddi wrth iddi lechu fel doli glwt yng nghysgod y drws ffrynt agored.

Cododd cyn gynted ag yr oedd set Nuala ar ben, a manteisio ar y ffaith fod y bariau wedi gwagio er mwyn archebu jin dwbl. Dim ond ambell lwmp o rew a'r diferyn lleiaf o donic a roddodd ynddo i liniaru ei frath.

Roedd y Dwsin wedi cael derbyniad digon del byth, cyn belled ag y cofiai, ac roedd Eirys i'w gweld wedi'i phlesio. Ond aeth gweddill y noson yn dipyn o gybolfa ym meddwl Gwenda, ac anodd oedd cofio wedyn ym mha drefn y digwyddodd pethau.

Gwyddai mai Iola oedd wedi'i hebrwng hi i'w llofft ryw ben cyn diwedd y noson, ac wedi'i gosod yn ei gwely ar ei hochr yn ei dillad isaf. Ac un o'r ychydig bethau a gofiai am niwl yr oriau mân a ddilynodd oedd clywed Eirys yn dod i mewn i'r stafell molchi, a hithau'n crio llond bol wrth iddi ei theimlo'n cydio'n garedig yn ei hysgwyddau uwchben y sinc ac yn glanhau ei hwyneb, mor dyner â phe bai hi'n hogan ddengmlwydd ddiymgeledd eto.

'Lloer dirion lliw'r dydd': Eirys

Y tro diwetha i Eirys weld Clem Mainwaring roedd o'n cysgu'n sownd ac yn hollol noeth. Y ddau ohonyn nhw wedi treulio noson mewn pabell, a dim ond lle cyfforddus ynddi i un mewn gwirionedd. Wythnos Eisteddfod Caernarfon, diwedd y saithdegau. Hithau a Clem wedi bod yn perfformio efo'r grŵp yn y Blac y noson cynt, ac oglau cwrw a ffags yn glynu wrth gynfas eu llety cyntefig.

Roedd o'n cysgu mor drwm, wnaeth o ddim symud gewyn wrth iddi ymlafnio i estyn am ei jîns a'i chrys-T a'u tynnu amdani yn ei chwman. Dim ond rhyw ganu grwndi bach yng nghefn ei wddw wedyn wrth iddi fwytho'i wefusau â chusan ysgafn cyn datglymu'r cortynnau yng ngheg y babell a mentro allan i ganol dydd.

Ei llygaid yn llenwi wrth iddyn nhw arfer â'r golau, er bod yr haul yn gyndyn o bicio allan rhwng y cymylau. Roedd yr Eisteddfod yn tynnu tua'i therfyn, a'r adrenalin oedd wedi ei chynnal dros y dyddiau diwetha bron â chwythu'i blwc erbyn hyn.

Byddai Clem a Dewi, aelod arall o'r grŵp, yn cychwyn ar eu swyddi newydd yn y De ymhen pythefnos, ac o ganlyniad rhyw ddirwyn i ben yn ddiarwybod bron wnaeth ei charwriaeth â Clem, fel y gwnaeth y grŵp gwerin hefyd. Gadael pethau yn eu blas, mae'n debyg. Trodd hithau'n ôl am y Coleg Normal ym mis Medi ar gyfer ei blwyddyn olaf, a'r flwyddyn honno'n un ddigon prysur i'w chadw rhag hel gormod o feddyliau.

Cafodd ambell funud o fyfyrio er hynny, a gwenu wrth hel atgofion am y tri mis hwyliog a brofodd hi yn ei gwmni; ystyried codi'r ffôn ambell noson ond penderfynu peidio'n ddi-feth yn y diwedd. Yr wythnosau'n troi'n fisoedd, a hithau yn ei thro'n cyfarfod Gwyndaf.

Clywodd o wahanol gyfeiriadau fod Clem, wedi iddo raddio mewn Peirianneg Electroneg yn y Brifysgol, wedi symud o un cwmni cyfrifiadurol i'r llall yn y De ac yna at IBM yn Lloegr. Roedd sôn ei fod wedi sefydlu ei gwmni ei hun ac wedi bod yn byw yn Ffrainc am gyfnod go hir hefyd.

Doedd hi'n synnu dim. Un oedd bob amser yn llawn egni ac yn berwi o syniadau oedd Clem. A'r chwerthiniad llond bol 'na! Hwnnw wnaeth i'r atgofion lifo mor od o gyflym wedi'r holl flynyddoedd.

'Wel myn yffach i! Eirys Watcyn, 'chan!'

Trodd i'w wynebu fel pe bai rhywun wedi tanio gwn.

'Puw. Eirys Puw . . .'

'Watcyn. Puw. Pa wanieth? Ti yw hi, ondife? "Y ferch ar y pier ym Mangor". Ti'n cofio? Wel y mowredd annw'l!'

Ac fe'i lapiodd mewn coflaid a gipiodd yr ychydig wynt oedd ar ôl yn ei hysgyfaint, a hithau wedi'i syfrdanu'n stond.

Cafodd gyfle i edrych yn fwy manwl arno wrth iddo droi i archebu diod iddi wrth y bar. Wnaeth o ddim rhoi'r cyfle iddi ddweud nad martini sych oedd hi'n ei lymeitian y dyddiau yma. Nodweddiadol ohono wrth gwrs. Yn cydio mewn sefyllfa gerfydd ei war ac yn bwrw ymlaen, ystyried wedyn.

Doedd o ddim wedi dechrau britho o gwbl, ac roedd ei gnwd o wallt tonnog yn edrych mor drwchus ag erioed. Roedd o wedi llenwi allan, ei ên yn dechrau colli ei siâp, ond roedd yr un lliw iach ar ei fochau, yr un egni ym mhob ystum.

'Iechyd!'

'Iechyd . . . Sut goblyn wnest ti fy nabod i ar ôl yr holl amser?'

'Wel, dyw'r din fach bert 'na oedd 'da ti ddim wedi lledu fowr iawn dros y blynydde, odi 'ddi? Fydden i wedi'i nabod hi yn unrhyw le.'

Chwarddodd yn harti wrth iddi gochi mewn embaras.

'Sori, Eirys! I fod yn gwbwl onest 'da ti, digwydd clywed un o'r merched draw fanco yn galw dy enw di wnes i. Does dim llawer ohonoch chi i'w cael. A dyw dyn ddim yn dod ar draws llyged gwyrdd anghyffredin fel dy rai di bob dydd o'r wythnos.'

Teimlai'n fwy dryslyd byth erbyn hyn, ac i goroni'r cwbl gwelai Gwenda'n ymlwybro'n ansicr tuag ati, yn edrych yn ddigon poenus a diod ganddi ym mhob llaw. Roedd hi'n reit falch er hynny o gael rhoi'r martini, a'i flas atgofus, o'r neilltu am funud ac estyn am y gwin a archebodd – yr hyn a deimlai fel oriau'n ôl bellach – gan Gwenda.

'Diolch iti.' A mentrodd air o gyflwyniad: 'Clem, dyma ti Gwenda Olsen. Gwenda, hen ffrind coleg imi. Clem – o Bontardawe.'

Fel pe bai'r wybodaeth ddaearyddol honno o ddiddordeb ysol i unrhyw un arall! Fel pe bai hi'n hogan ysgol ddeunaw oed yn methu â rheoli ei thafod, a'r geiriau'n byrlymu allan yn un llif! Dwrdiodd ei hun yn dawel bach ac amneidio ar Gwenda wrth iddi hithau esbonio fod y Dwsin am fynd i'r stafell gefn i fod yn barod ar gyfer y canu.

Y canu. Wrth gwrs. Amneidiodd eto, penderfynu canolbwyntio ar hynny, ac o dipyn i beth teimlai ei hun yn dechrau sadio rhyw fymryn.

'Criw dipyn mwy sidêt fan hyn o'i gymharu â'r rheiny oedd yn cleber fel haid o wydde pan oedden ni'n canu slawer dydd!'

'Ti'n meddwl? Wn i ddim sut wnes i'm colli fy llais yn gyfan gwbl ambell noson yng nghefn y Glôb a'r Belle Vue chwaith!'

'Ond fe nath dy ganu cefndir di gyment o wanieth, cofia. A rhoi ryw elfen fwy secsi inni fel grŵp . . . Sori! Dyw dweud hynny ddim yn pî-sî iawn erbyn hyn, sbo.'

'Mi fasa 'na ambell un o'r rhai iau yn y parti yn dy gnoi di'n gareia ac yn dy boeri di allan yn fyw!'

'Ti'n dala i ganu, fel finne.'

'Ydw. Wedi cael ail wynt yn ddiweddar 'ma. 'Di dod â chriw at ei gilydd, parti gwerin efo chydig o dro yn ei gynffon. Dwsin yn y Bar.'

'Gwych! A ti'n dala i fod â'r llais soprano hyfryd 'na?'

'Alto – wn i ddim pa mor "hyfryd" ydi o erbyn hyn, chwaith. Mi newidiodd ar ôl imi gael dau fab. Mae o'n digwydd, meddan nhw. Tôn y llais yn altro, rhywbeth i'w wneud efo'r hormons mae'n debyg.'

Tawodd wrth iddi glywed ei geiriau'n bygwth rhedeg yn wyllt o'i blaen hi unwaith eto.

'Nid cryts, ond y cwrw a'r cyri yw'r broblem fwya i ni ddynion, t'wel!'

'Oes gen ti . . .?'

'Cryts? Na. Na chrotesi chwaith fel mae'n digwydd.'

Y ddau'n tewi wedyn, y gair 'gwraig' yn lledu fel cysgod

dros eu brawddegau anorffenedig, wrth iddynt wrando ar nodau'r gantores Wyddelig oedd newydd agor y sesiwn ganu. Hwiangerdd – o bob dim – oedd ei dewis cyntaf, a siglai'r felodi hiraethus rhyngddyn nhw mor garuaidd â chrud.

Grŵp o ddynion lleol ddaeth ymlaen ar ôl i'r gymeradwyaeth i'r ferch dawelu. Criw digon tebyg i barti Plygain o berfeddion Maldwyn, ond mai canu clodydd pleserau'r cnawd a'r ddiod gadarn – yn hytrach na'r Brenin Mawr – oedd y rhain. Doedd fawr o siâp ar y canu mewn gwirionedd, ond roedden nhw'n frwdfrydig, ac mi benderfynodd Eirys y byddai eu dilyn nhw yn dacteg reit gall gan na fyddai diffyg profiad y Dwsin mor amlwg wedyn.

Trodd Clem yn ôl at ei gyd-gantorion o'r De gan ddweud y byddai'n edrych allan amdani ar ôl i'r criw ganu, a'i hannog i roi 'tân y Ddraig yn eneidie'r Gwyddelod 'ma!'

Wedi dechrau fymryn yn sigledig, ac yn sŵn anogaeth hogiau'r Sowth, fe fagodd y Dwsin hyder wrth fynd yn eu blaenau. Erbyn iddyn nhw ddod â'u set i ben gyda'u perfformiad pryfoclyd o 'Hen Ferchetan' roedd y curo dwylo'n llawn mor gynnes ag y bu i'r delynores Wyddelig, a'r merched yn gyndyn o roi'r gorau iddi. Roedd hyd yn oed Catrin, oedd mor ofalus rhag gollwng ei 'chŵl' yn gyhoeddus, wedi mynd i ysbryd y darn, a hithau a Llio'n mwynhau'r sylw ac yn ymateb i'r gynulleidfa fel plant newydd dderbyn presant Dolig go arbennig.

Roedd llygaid Gwenda hithau'n sgleinio hefyd. Cydiodd Eirys ynddi. 'Wnaethon ni'r peth iawn, do Gwenda? Dipyn mwy o hwyl na dal i rygnu mlaen efo'r Melodïa, dydi?'

'Blydi grêt, Eirys, blydi grêt!'

A dyna pryd y sylweddolodd Eirys nad y cyffro o ganu o flaen cynulleidfa am y tro cyntaf efo'r Dwsin oedd yr unig beth fu'n gyfrifol am roi'r sglein yn llygaid ei ffrind. Roedd o'n rhy annaturiol i hynny, erbyn meddwl, ac arogl y jin ar ei hanadl yn dweud y cwbl.

'Ti'n dal i deimlo'n sâl môr?'

'Be ti'n feddwl?'

'Meddwl 'mod i'n clywad ogla jin.'

'Ar wylia, tydw? Angan brêc. Llacio chydig ar y gefynna. Fatha chditha.' Ac edrychodd yn awgrymog i gyfeiriad Clem a'i ffrindiau cyn ei throi hi'n or-bwrpasol i gyfeiriad y tai bach, gan adael Eirys yn gybolfa o emosiynau chwithig. Ond cyn iddi fedru dilyn Gwenda roedd rhai o griw'r Dwsin wedi mynnu ei sylw a'i thynnu i mewn i'w hwyl, a'r rhyddhad fod eu perfformiad cyntaf wedi bod yn llwyddiant yn rhoi rhyw fin ychwanegol i'w dathlu.

'Mae'n braf bod nôl, rhaid gweud, er taw "dros y dŵr" ŷ'n ni heno.'

'Ia, mae gofyn mynd i ffwrdd weithia, does? Camu'n ôl oddi wrth betha.'

Roedd Clem wedi mynnu ei hebrwng hi'n ôl i'r Hyland gan mai nhw oedd ymhlith y rhai olaf allan o'r Abbey, a cherddai'r ddau'n hamddenol i gyfeiriad y gwesty gan fwynhau'r awyr iach, cymharol gynnes, ar ôl y gwres trymaidd.

'Wnes i rio'd feddwl y bydden i'n canu clodydd Caerdydd ar draul Montpellier, cofia. Ond, 'na fe, wedi i bethe fynd yn ffradach rhyngo i a Giselle fe gollodd Ffrainc 'i *je ne sais quoi* rywfodd.'

'Ti'n 'i cholli hitha hefyd?'

Roedd y gwydraid Baileys a rhew ar ddiwedd y noson wedi'i gwneud hi'n fwy eofn nag arfer.

'Weithie. Ma' fe'n rhywbeth sy'n taro dyn fel ton ar adege. Ond ma' hi bron yn ddwy flynedd ers yr ysgariad nawr, t'wel, a rhaid cyfadde nad ydw i'n gweld isie'r "cicio a'r brathu" fel chi'n gweud yn y Gog. Mae *les femmes passionnées* yn fendigedig, ond maen nhw'n gallu bod yn blydi hunllef i fyw 'da nhw.'

'Ydyn, debyg.'

A meddyliodd am Gwyndaf a'r hogia, a'i bywyd cymharol wastad, cymharol ddigynnwrf gartref. Na, mae'n debyg nad oedd byw yn y llwybr cyflym a'i holl droeon annisgwyl yn fêl i gyd chwaith.

'Wel, Eirys Watcyn-Puw, diolch iti am dy gwmni heno. 'Di joio. A, na, wna i ddim bod mor ewn â gofyn ga i ddod lan i weld dy *manuscripts* di.'

Cogiodd amddiffyn ei hun rhag ei dyrnau dychmygol.

'Na, wir, ma' fe 'di bod yn hyfryd dy weld di eto. Shgwl, rhag ofn na wnawn ni daro ar ein gilydd fory oherwydd y cystadlu, dyma ti 'ngherdyn i. Os byddi di yng nghyffinie Caerdydd rywbryd, cofia ffonio. Allen ni fynd am bryd bach lawr sha'r Bae ac fe ro i *guided tour* i ti o gwmpas y swyddfeydd slic 'na sy 'da ni lawr yno. Dyw menyw ddim yn cael cynnig fel'na bob dydd o'r wthnos, yw hi?'

A chusanodd hi'n ysgafn ar ei gwefusau cyn ei throi hi'n ôl am ei lety, gan ei gadael ar riniog yr Hyland yn syllu ar ewin o leuad uwch ei phen â gwên wirion ar ei hwyneb. Roedd y wên yn dal i fod yno pan gamodd allan o'r lifft ychydig funudau'n ddiweddarach. Grêt! Roedd y golau ymlaen yn ei stafell hi a Gwenda. Byddai sgwrs yn ei helpu i ddadweindio'n ara deg. Sôn am noson!

'Pa le mae 'nghariad i?': Catrin

Y ferch lanhau wnaeth eu deffro nhw'r bore canlynol. Difarai Catrin yn syth na fyddai'r ddwy wedi meddwl gam neu ddau ymlaen cyn clwydo neithiwr. Fe fyddai taro nodyn 'Do not disturb' ar fwlyn y drws wedi golygu dal ei gafael yn yr hanner awr bach ychwanegol 'na o gwsg oedd yn para'n ddylyfiad gên dioglyd yn ei chyfansoddiad. Nid ei bod hi na Llio wedi'i gorwneud hi'n wirion chwaith, ond fe fu'n ddiwrnod hir, a'r *buzz* o glywed y gymeradwyaeth wedi iddyn nhw ganu a'r dathlu wedyn yn golygu ei bod hi wedi cymryd dipyn o amser iddyn nhw ddod i lawr o'r entrychion ac ymroi i gysgu.

'Wassatime?'

'Time for you two to be tarting yourselves up to face the music!' oedd ateb chwim yr Wyddeles gartrefol. 'I'll leave you to it for another twenty minutes now.'

'Ugian munud . . .!'

Tra ochneidiai Llio ei ffordd i'r tŷ bach estynnodd Catrin ei breichiau'n ddioglyd uwch ei phen cyn troi ar ei hochr a thanio'i ffôn symudol. Ei astudio yn yr hanner gwyll a grëwyd gan y llenni trwchus. Dim negeseuon newydd. Dim gair pellach gan Tom.

Ei thro hi oedd ymateb wrth gwrs. Penderfynodd ddisgwyl nes roedd hi wedi sblashio dipyn o ddŵr oer ar ei hwyneb a chael shot o gaffîn cyn mentro. Ailagorodd ei decst diwetha eto, a dilyn y ddwy linell gyfarwydd â blaen ei bys cyn eu rhoi i'w cadw'n ofalus yn eu hamlen agored unwaith yn rhagor.

'Be 'di'r plania heddiw 'ta, Llio?'

'Y peth cynta fydd trio cael y gwallt 'ma i orwadd yn gall. O mai god! Sbia arno fo! Mae o fel blwmin coedan balmwydd! Ti mor lwcus, Cat. Pam na faswn i wedi cael gwallt tew fatha chdi yn lle rhyw flewiach tena sy'n rhaid imi'i olchi bob blydi bora?'

'Well iti'i siapio hi beth bynnag neu mi fyddwn ni allan ar ein tina ar y coridor 'na yn ein jim-jams i'r byd i gyd ein gweld ni. Ac mi fydd hi'n bnawn mewn cwpwl o oria!'

Roedden nhw'n mwynhau *lattes* llefrith llawn yn O' Donnells ymhen rhyw ddeugain munud. Câi'r cyfri caloriau fynd i'r pedwar gwynt tan fore Llun, ac roedd angen leinio'r stumog yn iawn cyn heno p'run bynnag. Doedd dim golwg o neb arall o'r criw. Naill ai roedden nhw wedi bod yn gallach ac wedi gofalu eu bod nhw'n cael llonydd i gysgu ymlaen, neu – yn fwy tebygol o lawer – roedden nhw wedi codi ers tro byd ac wrthi'n crwydro tref Donegal. Clywodd Catrin rai yn sôn eu bod awydd mynd i weld y castell, tra bod eraill mwy mentrus awydd mynd am drip ar y bws dŵr o gwmpas y bae. Roedd hi'n dywydd digon di-fai i wneud unrhyw un o'r ddau.

Am y siopau yr aeth Llio a hithau. Ond nid Dulyn *hip* mo tref Donegal, gwaetha'r modd. Iawn os oeddech chi'n gwirioni ar gardigans a siwmperi gwlân Aran a napcynau a llieiniau llestri *twee* yn blastar o feillion pedair deilen. *As if!* A buan y cawsant eu hunain yn crwydro'n ôl i gyfeiriad y gwesty.

Rhyw ganllath cyn cyrraedd yr Hyland gwelsant Eirys

a Gwenda'n dod allan o'r brif fynedfa. Hyd yn oed cyn belled i ffwrdd â hynny gallent ddweud fod golwg fymryn yn ryff ar Gwenda, a gerddai braidd yn ansicr gan edrych yn falch fod braich Eirys yno i'w sadio. Roedd rhywbeth am eu hosgo a wnaeth i'r ddwy iau smalio'n reddfol eu bod nhw wedi gweld rhywbeth o dragwyddol bwys yn ffenest un o'r siopau cyfagos. Ac wedi rhyw bum munud go lew o rythu ar emwaith Celtaidd na fyddai'n rhoi gwên ar wyneb eu neiniau hyd yn oed, dyma fentro edrych i lawr y stryd a symud yn eu blaenau'n reit handi ar ôl gwneud yn gwbl siŵr nad oedd golwg o Eirys a Gwenda ymhlith y criwiau a grwydrai'r pafinau di-gar.

'Rhywun wedi cael noson dda neithiwr!' Rowliodd Llio ei llygaid gan hanner gwenu.

'Mmm . . . Fedran nhw ddim 'i hacio hi fel ni'r petha bach ifanc 'ma, 'sti.'

'Ia, beryg eu bod nhw'n cael 'u temtio i fynd dros y top go iawn pan maen nhw'n cael cyfle i gael chênj bach o'u rwtîn arferol.'

'Ella . . .' Rhyw hanner chwarae'r gêm a wnâi Catrin. Roedd y profiad o weld Eirys mor *close up and personal* efo dyn arall neithiwr wedi'i styrbio hi braidd, er na fedrai ddweud pam yn hollol. Roedd ganddi feddwl y byd ohoni ac yn licio'r ffordd roedd hi'n fodlon mentro y tu allan i'r bocs. Mor ifanc ei hysbryd o'i gymharu efo'i mam weithia. Ond Anti Eirys efo dyn arall . . .?

Tasa hi wedi fflyrtio'n agored hollol efo'r boi mi fasa'n wahanol, ond roedd 'na ryw hanes yn amlwg rhwng y ddau, er na rannwyd dim byd mwy na sws ddiniwed rhyngddyn nhw neithiwr i bob golwg, ac allai Catrin ddim peidio â theimlo ei bod hi wedi'i chau allan o ryw gyfrinach. Roedd yn deimlad tebyg i'r un o gael ei gyrru i'w gwely'n gynnar pan oedd yn blentyn, a hithau'n clustfeinio ar dop y grisiau ar sgyrsiau preifat, od o ddieithr, ei rhieni.

'Dwi am bicio'n ôl i'r stafall, Cat. Os na cha i drefn iawn ar y mwng 'ma mi fydda i'n edrach fel gwrach cyn diwadd dydd.'

'Ocê. Mi bicia i lawr i'r cei am chydig, dwi'n meddwl. Mi fydda i'n ôl pen rhyw hannar awr. Wela i di!'

Mwythai Catrin wyneb llyfn ei mobeil a swatiai fel ffrwydryn ym mhoced ei chôt. Beth i'w ddweud? Faint? Sut i'w ddweud o? Pam oedd y grownd rŵls rhwng dau mor gymhleth?

Efallai mai gadael i bethau fod fyddai orau. Cysylltu ar ôl cyrraedd adre. Gwneud iddo fo chwysu am ychydig. Creu rhyw *mystique*. Y gantores cŵl, brysur. Llais fel eos. Hanner Donegal mewn cariad efo hi. *Yeah, right!*

Pan ddechreuodd y teclyn ddirgrynu'n sydyn yn ei llaw fe fu bron iddi gael hartan, ac fe'i chwipiodd allan o'i phoced fel pe bai ar dân. 'ADREF' a fflachiai yn y ffenest fechan. Câi ei themtio i'w anwybyddu a gadael i'r peiriant ateb gicio i mewn, ond ar y funud olaf pwysodd y botwm.

'Mam?'

'O! dwi'n falch 'mod i wedi cael gafael arnat ti. Dwi mor anobeithiol am decstio!'

'Bob dim yn iawn?'

'Ydyn. Champion! Jesd ffonio i adael i ti wbod fod dy dad a finna wedi penderfynu mynd i grwydro heddiw ac mi rydan ni am fynd i aros noson mewn gwesty. 'Di bod yn ddigon lwcus i gael stafall ym Modegroes, cofia!'

'Waw! Gwely'n y Plas? Byhafiwch 'de!'

'Gawn ni weld! Meddwl y baswn i'n gadael i ti wbod

rhag ofn iti fod yn trio cael gafal arnan ni adra – a does 'na ddim signal da i gael bob amsar draw ym Mhen Llŷn. Sut hwyl ti'n gael draw fanna?'

'Cŵl. Naethon ni ganu yn y pyb 'ma neithiwr. Llond lle o bobol. Wnaethon nhw rîli licio ni. Curo dwylo am hir wedyn. Dim cweit fel bod yn y *Brits* ond mae o'n gychwyn, tydi Mam?'

'Eirys yn iawn?'

'Ydi . . . wedi mynd am dipyn o *retail* o gwmpas y dre efo Gwenda bore 'ma, dwi'n meddwl.'

'O . . . *Dim* yr hen gês blêr 'na, Gruff! Sori, cyw – dy dad yn anobeithiol am bacio fel arfar. Hei, dalia ati i fwynhau dy hun a welwn ni chdi'n hwyr nos Sul. Well i mi fynd i gael trefn ar betha neu wnawn ni byth gyrraedd!'

Ac roedd hi wedi mynd, yn joli i gyd, yn swnio fel rhyw stimddrwg bach o hogan ysgol wedi cael ei gollwng yn rhydd o'r dosbarth ar bnawn Gwener ac yn ysu am fynd i wneud drygau.

Rhythodd Catrin am sbel ar y sgrîn fach wag cyn pwyso'r botwm *Options* yna *Select*, a theipio'n fyr ac i bwrpas:

Miss u. x

A mentro.

Send.

Cyn iddi gael cyfle i feddwl ymhellach stwffiodd y teclyn i waelod ei phoced ar ôl gwneud yn gwbl siŵr ei bod hi wedi diffodd y signal. Tynnodd ei chôt yn dynnach amdani wrth iddi godi oddi ar y fainc a'i throi hi am y gwesty. Er bod yr haul yn gwenu'n ddigon clên y bore hwnnw, roedd 'na ryw hen frath bach piwis yng nghynffon yr awel a grwydrai'r cei, ac o nunlle fe ddaeth darlun o glamp o dân coed i'w meddwl. Ysai mwyaf sydyn am gael tostio'i thraed o flaen tân o'r fath wrth swatio dan gysur o ddwfe meddal.

Fe fu'n rhaid iddi wneud y tro â thân nwy yn y lownj. Nid nad oedd o'n taflu gwres gwych, ond roedd 'na rywbeth yn rhy dwt am drefn y glo smalio rywsut, a fedrech chi ddim rhoi proc sydyn iddyn nhw er mwyn gweld y gwreichion yn codi.

Ond roedd Llio mewn hwyliau gwell ar ôl myrrath efo'i brwshys a'i mŵsys, a mwynhaodd y ddwy ryw awr fach o wylio'r byd yn mynd heibio uwchben eu sgod a sglods mewn basged.

'Be ti'n feddwl o hwnna, 'ta?'

'Be?'

'*Pwy*, y gloman! Hwnna efo'r breichia lliw haul a'r pecs wrth y peiriant gamblo. Sbia ffor'ma ngwashi!'

Ond pan drodd ei olygon i'w cyfeiriad ymhen hir a hwyr roedd yn rhaid i Llio hyd yn oed gyfaddef nad oedd yr wyneb hanner mor ddeniadol â'r corff, a phenderfynodd ei bod hi'n hen bryd iddyn nhw ei throi hi i ddilyn ychydig o'r cystadlu yn yr Abbey. Roedd 'na faswr oriog yn ei ugeiniau cynnar o un o bartïon y De wedi denu ei ffansi ers neithiwr.

'Mi fydd hi'n lot mwy o hwyl trio cracio cŵl hwnnw. Dwi'n nabod y teip, calad fel hen gôt ledar ar y tu allan ond rêl tedi bêr bach meddal ar y tu mewn. Ac i be sydd isio chwarae i ffwrdd pan mae 'na flas llawn cystal os nad gwell ar y stwff *home grown*, 'de?' Pwniodd Catrin yn ei hasennau.

'Sori, Llio. Dwi jesd ddim yn y mŵd gin i ofn, 'sti.'

'Be? Hormons? Dyna pam s'nam llawar o hwyl arnat ti?'

'Wn i'm. Ella 'mod i'n dechra hel rwbath.'

'Lyyyyyyyyf – sic?'

'Paid â mwydro!'

'Colli'r hen Domos y Deifiwr? Ffansi dipyn o *Ilkley Moor by tat* . . .? Hei! Be ddudish i?'

Roedd hi wedi cael braw o weld gwefus isaf ei ffrind yn dechrau crynu.

'Dim ond tynnu arnat ti dwi, Cat. Sori. Sori!'

Dilynodd ei ffrind allan i'r stryd fawr mewn penbleth, a chan ddamio'i hun o dan ei gwynt ar yr un pryd am gamu i mewn i sefyllfa yn ei seis êts.

Efallai bod Llio'n iawn. Am y busnes cariad 'ma. Doedd o ddim wedi'i tharo hi fel hyn o'r blaen. Yr aflonyddwch, y disgwyl am alwad, ei diffyg amynedd. A'r ffordd y gwnaeth ei llygaid hi lenwi ar ddim pnawn 'ma. Fatha rhyw gadach o ddynas mewn hen ffilm wîpi.

Neu, ac fe wnaeth sỳms sydyn yn ei phen, bosib iawn mai effaith y *pill* oedd o. Roedd ganddi bedwar ar ôl yn y pecyn arian. Tua wythnos i fynd felly nes y byddai'n gwaedu dan y drefn newydd. Pob un wedi'i lyncu'n ddeddfol yr un amser o'r dydd. Doedd hi ddim am gael ei dal allan wedi'r cwbl, er mai dim ond rhyw bedair gwaith yr oedden nhw wedi cysgu efo'i gilydd hyd yma.

Hi gynigiodd fynd i'r clinig FP. Doedd hi ddim yn trystio condoms ar ôl clywed ambell stori fyddai'n ddigon i yrru rhywun ar wib i'r confent agosaf. A doedd Tom ddim wedi rhoi unrhyw bwysau arni, chwarae teg, ond roedd hi'n barod ac yn sicr mai dyna oedd hi ei eisiau, ac mi roedd o wedi bod mor annwyl efo hi'r tro cyntaf hwnnw. Roedden nhw wedi sleifio o'r gig yn gynnar er mwyn gwneud yn siŵr bod y tŷ roedd o'n ei rannu efo dau arall ar Ffordd y Coleg yn wag. Ac yno, yn ei stafell dan y bargod, a'r posteri glaswyrdd lliw môr yn gwneud iddi deimlo'n rhydd, freuddwydiol, y digwyddodd O. Mor naturiol â phe bai hi'n ei nabod erioed.

Roedd hynny wedi pwyso ar ei meddwl hi am sbel wedyn. Os oedd o mor naturiol, mae'n rhaid ei fod o wedi cael lot o brofiad o'r blaen. Ond penderfynodd flancio'r delweddau hynny allan. Doedd hi ddim am droi'n hen swnan yn syth, a phan oedd hi efo fo yn y 'cwtsh', fel roedd hi'n meddwl amdano fo, doedd dim arall yn cyfri beth bynnag. Dim ond eu cyrff nhw'n lapio am ei gilydd, mor rhythmig ag anemonïau môr, a'r blas heli ar ei war yn frath braf ar ei thafod.

Ychydig o hyn oedd Catrin wedi'i rannu efo Llio. Dim ond rhyw hanner awgrym, dyna i gyd. Fel pe bai hi ofn i'r profiad, o'i rannu a'i dynnu tu chwithig allan, fynd i deimlo fel dilledyn rhad, ail-law. Ac am ei rhieni, cyn belled â'i bod hi gartre cyn un o'r gloch y bore ar nos Sadwrn roedden nhw'n ddigon bodlon. Am y tro beth bynnag.

Taniodd ei mobeil eto o dan y bwrdd. Roedd y *ceilidh* ar ddiwedd y cystadlu'n codi i'r berw, ac er nad oedd Llio wedi cael fawr o lwc efo'r baswr o'r Sowth, roedd hi i weld yn ddigon hapus yn stepio ac yn troelli yng nghwmni Gwyddel cringoch o Galway o'r enw Danny. Cawslyd neu be?

Ta waeth. Er bod signal gwerth chweil, dal i edrych arni'n ddifynegiant a wnâi sgrîn y ffôn. Dim tecst. Dim *Missed Call*. Uffar o ddim-yw-dim. Dros wyth awr ers iddi anfon ei neges. Diffoddodd yr hen beth am tua'r degfed tro ers dechrau'r pnawn. A phan ddaeth rhyw greadur – o berfeddion Sir Drefaldwyn yn ôl ei acen – i'w thynnu i mewn i'r ddawns nesaf efo llinell fachu fwyaf gwreiddiol y ganrif: 'Dydi bod yn *wallflower* ddim yn dy siwtio di, blodyn', peintiodd wedd wot-ddy-hèl ar ei hwyneb a'i ddilyn i ganol y miri a'r chwys.

PENNOD 8

'Heno, heno': Jackie

'Alun! Argian, doeddwn i ddim yn dy ddisgwyl di adra mor fuan. Heno 'ma ddudist ti!'

'Croeso adra, cariad. Diolch, Jackie. Braf dy weld ditha hefyd!'

Ystwyriodd Jackie yn ei nyth clyd rhwng y clustogau ar y soffa ledr i ddau. Troi i'w wynebu, ei chalon yn suddo wrth weld ei oferôls budur a'i sgidia gwaith lond ei hafflau. Mygu ochenaid wrth iddi gribo'i gwallt hir yn ôl efo'i bysedd a theimlo'r gwreiddiau'n plycio'n dendar wrth iddi wneud.

'Sori. Mae'n rhaid 'mod i wedi bod yn ryw hannar hepian. Roist di sioc imi.'

Edrychai yntau'n flinedig hefyd, cylchoedd duon o dan ei lygaid a'i wallt angen golchiad iawn, ac oherwydd hynny roedd y ffaith fod y cyrls brown tywyll yn dechrau teneuo mewn un patshyn ar ei gorun gymaint â hynny'n amlycach.

'Ceri ddim yma?'

'Nacdi. Mi gafodd wadd i chwara 'fo Luned a Jac pnawn 'ma. Mi ddudodd Magi y basa hi'n dŵad â hi draw at gyda'r nos cynnar . . . O'n i'n reit falch, deud gwir. Wnes i'm cysgu llawar neithiwr.'

Gollyngodd Alun yr oferôls a'r esgidiau'n un swp, a suddo'n drwm wedyn i feddalwch y lledr wrth ei hochr.

Estynnodd amdani. 'Colli'r cwmpeini cynnas rhwng y cynfasa oeddat ti siŵr. Dim ots, pwt, mi fydda i yno heno i edrach ar dy ôl di, i g'nesu dy fodia di, rhoi bach i . . . Hei! Mae gen i syniad gwell fyth. Beth am fynd yno i swatio'n reit handi rŵan gan fod gynnon ni'r lle i ni'n huna'n? Taswn i'n cael cawod bach sydyn gynta. Be ti'n ddeud? Mmmm?'

Trodd ei hwyneb i osgoi ei wefusau brwd.

'Dim rŵan, Al. Dwi'm yn y mŵd.'

'*Mewn* cythral o fŵd 'fyd i bob golwg! Finna wedi bod â 'nhroed ar y sbardun yr holl ffordd o'r Tre Taliesin 'na! A does gen ti ddim mynadd rhoi sws imi hyd yn oed. Dwi'n mynd i gael cawod! Ac mi fasa panad yn dda, diolch iti am gynnig.'

Crynai'r tŷ wrth iddo daranu ei ffordd i fyny'r grisiau cul. Roedd hi bob amser yn anghofio pa mor swnllyd y gallai fod, meddyliodd, wrth ddatgloi ei chyhyrau poenus a'u mestyn damaid wrth damaid er mwyn mynd i danio'r tegell. Teimlai'r gegin yn fwy cyfyng nag arfer y pnawn 'ma, ac wrth edrych drwy'r ffenest i lawr i gyfeiriad ponciau llechi'r Penrhyn, meddyliodd – unwaith eto – am y genod yn Iwerddon. Mae'n siŵr eu bod nhw ar eu ffordd yn ôl i Dun Laoghaire erbyn hyn, ac mi ddylen nhw gael croesiad digon di-lol. Doedd 'na fawr o awel heddiw.

Yn wahanol i fel roedd hi yn Llandudno ddoe. Er bod y dref yn mwynhau tywydd dipyn tynerach at ei gilydd na'r Dyffryn, daeth mwy nag un chwa o awel oer, slei i'w rhynnu o gyfeiriad y prom wrth iddi grwydro'r siopau efo Ceri. Roedd 'madam' wedi gwirioni efo'r trip ar ei hyd. Y siwrnai ar y bws, y ddiod a'r gacen yn y caffi bach Ffrengig ar Stryd Mostyn, ac yna'r croesi draw i ganolfan siopa Victoria lle roedd yn rhaid oedi am sbel go hir yn y siop gardiau a nwyddau Pooh Bear a Piglet. Y fersiynau Disney, wrth gwrs. A pho fwyaf llachar eu lliw, gorau oll.

Doedd Jackie ddim yn un a deithiai'n dda mewn bws ar y gorau, a rhwng bod yn rhaid iddi symud ei phen i bob cyfeiriad wrth ymateb i'r rhyfeddodau gwahanol a welai Ceri wrth deithio ar hyd yr A55, roedd hi'n ddigon balch o gael camu allan i'r awyr iach y pen arall.

Ond roedd hi'n dal i deimlo'n ddigon 'pethma' ryw awr ar ôl cyrraedd, a doedd y beiros glityr pinc a'r cesys pensiliau pinc llachar a'r pincrwydd-cig-amrwd a lenwai'r siop arbennig yma'n ddim help o gwbl i leddfu'r teimlad ansicr ym mhwll ei stumog. Bu'n rhaid talu mwy nag yr oedd hi wedi'i fargeinio am y taclau oedd wedi denu sylw Ceri er mwyn cael bachu allan oddi yno ar wib. Ofnai ei bod hi'n mynd i godi cywilydd ar y ddwy ohonyn nhw ar un plwc, ond anelodd fel dynes ar berwyl tu hwnt o bwysig at y fainc oedd ar y pafin y tu draw i'r siop. Sodro'i hun arni'n reit sydyn ac estyn am y botel ddŵr oedd ganddi, diolch byth, yng ngwaelod ei bag.

'Ti'n iawn, Mam?'

Edrychai Ceri arni'n boenus gan droi handlen ei bag siopa plastig pinc yn dynn, dynn o gwmpas bys a bawd ei llaw dde.

'Ydw, pwt. Dy fam sydd heb arfar efo ecseitment fel hyn ers talwm, 'sti! Mi fydda i'n iawn yn munud. Eisteddwn ni'n fama am chydig i watsiad y byd yn mynd heibio.'

Ei thynnu hi gan bwyll i'w chesail.

'Beth am i chdi gyfri faint o gŵn weli di ar lîd. Gei di dri munud, yn dechra rŵan . . .'

Ac o dipyn i beth – a thros ugain o gŵn yn ddiweddarach – mi basiodd y chwiw. Dim ond iddi gadw'n glir o oglau bwyd am sbel a byddai'n iawn. Roedd Ceri'n canolbwyntio cymaint ar gynnwys y ffenestri siopau nes bod bwyta wedi mynd yn angof llwyr am y tro beth bynnag. Penderfynodd Jackie grwydro ychydig oddi wrth ganol y dref a'i hwrli bwrli, fwy i gyfeiriad y Gogarth, ac wrth gerdded pafinau llai cyfarwydd nag arfer y denwyd Ceri gan y siop Cids Cŵl.

'Waw! Sbia ar rheina, Mam!'

'Rheina' oedd jîns a thop denim a rhosyn bach pinc wedi'i frodio arnyn nhw'n batrwm deniadol. Doedd dim pris i'w weld ar gyfyl unrhyw beth yn y ffenest, a phe bai hi yn ei phethau byddai wedi denu Ceri oddi yno drwy dynnu ei sylw, cynnig eu bod nhw'n mynd am snac, neu bicio i lawr i'r prom i weld a oedd 'na reid ffair yno heddiw. Ond doedd ganddi mo'r egni, ac fe'i cafodd ei hun yn croesi'r rhiniog ac i mewn i siop tu hwnt o chwaethus yr olwg, a drud.

Dyma'r union fath o siop y teimlai'n anghyfforddus ynddo. Digon o le i droi i edrych ar y nwyddau, ond dim cweit digon o le rhwng y cwsmeriaid a'r sawl a eisteddai y tu ôl i'r til, nes eich bod yn teimlo bron fel pe baech chi'n cael eich dilyn gan gamera CCTV.

'Cym' bwyll, Ceri.'

'Jackie?'

Edrychodd o'i chwmpas yn ffrwcslyd. Doedd hi ddim wedi sylwi bod 'na gwsmer arall yno.

'Jackie Morris, ia? Roeddan ni'n 'rysgol efo'n gilydd. Gwenllian Parri.'

Rhythodd yn hurt ar y ferch efo'r *highlights* proffesiynol yr olwg a'r dillad *designer* cynnil y tu ôl i'r ddesg.

'Gwenllian?'

'Roeddwn i flwyddyn ar dy ôl di. Mi fuon ni'n chwara yn y tîm netbol efo'n gilydd am gyfnod.'

'Gwenlli?! Chdi . . .?'

'Ia, fi sy'n berchan ar y lle 'ma! Mi wnes i agor ryw chwe mis yn ôl.'

'Ond . . .'

'Ia, dwi'n gwbod, mi fues i'n byw yn Lloegr am rai blynyddoedd ar ôl gneud fy ngradd. Gweithio fel prynwr i M&S am sbel cyn penderfynu 'mod i am ddod yn ôl ffor'ma. Sut wyt ti? Dy hogan fach di ydi hon?'

'Ia. Mae hi yn yr oed lle mae hi wrth ei bodd yn myrrath efo gwahanol ddillad, steils a ballu.'

'Wel, ella bod 'na lai o ddewis fama o'i gymharu efo'r siopa mwy, ond mae gen i stoc ddifyr 'ma. A phob parch i lefydd fel M&S a Mothercare, mae 'na well toriad i'r rhain hefyd.'

A rhywun yn gorfod talu amdano, meddyliodd Jackie.

'Maaaam! Sbia ar hwn. Yli del ydi o.'

'Del iawn, pwt, ond dim heddiw mae gen i ofn. Ddown ni'n ôl yma eto, yli, pan fydd hi'n adag sbesial, nes at Dolig ella.' Ac yna, wrth weld ei llygaid yn llenwi, 'Neu beth am ddechra gwylia ha'r ysgol. Iawn?'

A thrwy drugaredd llwyddodd i osgoi myll yng nghanol y lliwiau pastel a'r labeli sglein, a gadael efo dim byd drutach yn ei llaw na phâr o deits, er bod y rheiny ddwbl y pris y byddai wedi'i dalu yn un o'r siopau tsiaen. Ta waeth.

Ddylai hi ddim gwarafun llwyddiant hen ffrind ysgol. Roedd Gwenlli'n amlwg wedi dilyn ei breuddwyd ac wedi ei gwireddu. Daliai i ryfeddu ei bod wedi gweddnewid cymaint dros y blynyddoedd, ac eto roedd hi wedi nabod Jackie yn syth. Tybed beth oedd hynny'n ei ddweud amdani hi, synfyfyriodd, wrth ddychwelyd i ganol y dref a'i meddwl yn mynnu troi o gwmpas digwyddiadau ddeng mlynedd yn ôl ym Methesda.

Penderfynodd beidio ag agor can o Guinness efo'r tecawê y noson honno. Anaml iawn y byddai'n ei yfed, ond roedd hi wedi cael rhyw chwiw yn ei phen y noson cynt. Gan nad oedd hi wedi medru croesi i'r Ynys Werdd efo'r Dwsin, o leiaf gallai fynd i ysbryd y darn efo can neu ddau o'r cwrw du.

'Wnes di ei fwynhau o, cyw?'

Roedd gwefusau Ceri'n felyn gan liw'r saws *korma* a'i phlât yn lân. Ochneidiodd yn fodlon a chlosio at ei mam, ac ymhen llai na hanner awr ar ôl dechrau gwylio *Toy Story 2* roedd ei llygaid wedi cau'n sownd. Cariodd Jackie hi'n ofalus i'w gwely, gan lanhau o gwmpas ei cheg yn ysgafn cyn dymuno breuddwydion braf i'w merch. Dymuno y câi hi wireddu rhai, os nad y cyfan ohonyn nhw hefyd.

Symudodd Ceri ddim tan yn gymharol hwyr y bore wedyn, ond tarfwyd ar freuddwydion ei mam gan ryw hedyn o syniad a fynnodd flaguro'n llwyni trwchus o fân feddyliau. Deffro'n rhynnu a bron â byrstio eisiau mynd i'r tŷ bach wnaeth hi. Methu'n glir ag ailafael yn ei chwsg wedyn, a gorwedd yno gan edrych yn ôl ar ddigwyddiadau'r dydd. Yn ail-fyw'r cyfarfyddiad efo Gwenlli a'r embaras o fethu â fforddio'r dillad yr oedd Ceri wedi eu ffansïo. Yn flin am ei bod hi wedi cytuno'n llywaeth bod dillad wedi eu cynhyrchu ar raddfa eang yn salach pethau. Yn flin am ei bod hi wedi gwario pres ar rywbeth nad oedd Ceri wir ei angen. Rhyw hen flinder cymhleth a'i gwnâi'n anniddig.

Ac yna, er na chofiai sylwi cymaint â hynny arnyn nhw ar y pryd, gwelai eto y set ddillad i fabi newyddanedig oedd wedi eu gosod mor chwaethus mewn un gongl o'r siop, yn gwmwl gwyn meddal o *chenille* a sidan. Ac eisteddodd i fyny'n sydyn yn ei gwely oer, ei llaw'n dynn dros ei cheg rhag i Ceri ei chlywed yn griddfan.

Byddai'n well pe byddai hi wedi codi'n syth i wneud paned ac i chwilota yn ei bag am ei dyddiadur. Ond roedd hi fel pe bai wedi'i pharlysu, a bu'n gorwedd yno'n ddisymud, ei breichiau wedi eu lapio'n dynn amdani, yn gwneud pob math o symiau cymhleth yn ei phen nes i'r bore ddechrau gwawrio.

Darganfod, wedi iddi fentro agor ei dyddiadur tua saith o'r gloch, mai dim ond rhyw ddau ddiwrnod drosodd yr oedd hi, ond wnaeth hynny fawr ddim i leddfu'r oerni ym mhwll ei stumog nac i ymlid y bwganod oedd wedi gwau'n gysgodion bygythiol o'i chwmpas yn ystod y nos.

Roedd y peth yn hollol bosib, wrth gwrs. Un rheswm dros roi'r gorau i'r bilsen yn wreiddiol oedd nad oedd hi'n dygymod ag o'n dda iawn o gwbl, ac roedd pawb yn gwybod nad oedd unrhyw ddull arall yn cynnig cystal amddiffyniad. Ac eto, waeth pa mor flêr oedd hi fel arall roedd hi bob amser wedi cymryd gofal. Ond dal i droi a wnâi'r cylch yn ei meddwl. Y cyfog gwag, ei bronnau tendar, y blinder.

'Mae'n ddrwg gen i am fod yn gymaint o hen rech gynna!'

Pwysai yn erbyn ffrâm drws y gegin, ei wyneb yn sgleinio ar ôl bod yn y stêm, a'i wallt yn donnau tamp, bregus.

'Na, fi sy'n hen bitsh flin, ddigroeso. Sori, Al. Ac mae dy banad di wedi troi'n driog oer gen i'n fama, mae gen i ofn.'

'Wna i un ffres i ni'n dau rŵan. O'n i jesd wedi cael llond cratsh ar y job 'na, 'sti, yr oria'n hir, methu cyrradd

adra mewn pryd. Ond un peth da am fynd i lawr yna ydi
'mod i wedi cael y syniad briliant 'ma . . .'

A throdd ato gan wenu a gadael iddo rannu ei gynllun-
gwneud-ffortiwn diweddaraf efo hi; troi ei chefn ar y
ponciau llechi llwydlas yn sgleinio yn y glaw.

'Cwyd dy galon'

'Mi fasa'n dda gen i taswn i'n tynnu llun callach!' ochneidiodd Eirys â rhyw gymysgedd o goegni a thinc o wir ddyhead yn ei llais. 'Dwi'n edrach fel taswn i wedi gweld ysbryd, myn coblyn i.'

'Y gola ydi o, 'sti,' cysurodd Gwenda. 'Mae'n gas gen inna edrach ar fy ngwep yn y stafelloedd newid yn y *gym* 'di mynd hefyd. Mae o fel tasa 'na rwbath yn natur y gola'n sugno pob tamaid o liw o dy groen di, rywsut.'

'*All publicity is good publicity* cofiwch!' meddai Llio wrth i'r erthygl yn rhifyn yr wythnos honno o'r *Mail* basio o un i un ar derfyn y practis. 'Mae'n siŵr y bydd Anwen a'r Melodïau'n sbitio gwaed!'

'Peidiwch â sôn! Fuodd hi'n ddigon sych efo fi yn Donegal. Dim ond diolch 'mod i wedi medru ei hosgoi hi cyn y sesiwn jamio. 'Wel, mae'n rhaid imi edmygu'ch gyts chi, Eirys!' meddai hi. 'Dŵad i ganol corau sydd wedi bod wrthi ers blynyddoedd. Mae hi'n cymryd amser i fireinio crefft, tydi?' Roedd Eirys yn ddynwaredwraig tan gamp, a chwarddodd y criw yn harti wrth wrando arni'n mynd trwy ei phethau.

Aeth dros fis heibio ers y daith i Iwerddon. Yn y cyfamser cysylltodd un o gyw ohebwyr y *Mail* (neu'r *Wail* fel yr oedd pawb yn ei nabod yn lleol am ei fod – yn y traddodiad tabloid – wrth ei fodd yn godro ochr dywyllaf bywyd) a gofyn a gâi hi ddod draw un noson practis i gael gair efo'r criw. Slot *Local Talent* oedd ganddi dan sylw. Ei mam yn aelod o Gôr Seiriol ac wedi mwynhau gwrando arnyn nhw yn y sesiwn jamio yn yr Abbey.

A dyna sut y daeth hi draw i'r Clwb Criced, lle roedden nhw wedi llwyddo i logi stafell am bris rhesymol ar gyfer eu practis wythnosol, gan ddod â'r ffotograffydd efo hi fel rhyw atodiad anniddig. Roedd hwnnw'n amlwg ar dân eisiau bod yn rhywle arall. Cariad neu wraig, neu gêm bêl-droed ar Sky yn disgwyl amdano efallai? Ac o ganlyniad, casglu'r criw ynghyd yn ddigon diddychymyg wnaeth o. Tanio'r botwm unwaith, ddwywaith, dair. 'Gwên fach rŵan, genod! Lyfli. Da iawn . . .' cyn chwyrlïo oddi yno, yn fwg ac yn dân i gyd.

Arhosodd Gwenno, y gohebydd, efo nhw am ryw awr wedyn gan holi Eirys i ddechrau a chael gair byr efo tair neu bedair arall, rhai yn gyn-aelodau o'r Melodïau, ac eraill – fel Jackie – oedd yn newydd hollol i'r busnes.

Roedd hi'n amlwg yn gwybod ei stwff. Wedi arfer, mae'n siŵr, o gofio pedigri cerddorol ei mam, meddyliodd Eirys, ond roedd ganddi drwyn am stori hefyd o dan yr wyneb digynnwrf a chlên. Oherwydd ar wahân i'r erthygl nodwedd, roedd 'na bwt ar dudalen 3 y papur: 'New local choir leader denies rift'.

Yr hyn oedd hi wedi'i wneud oedd bachu ar frawddeg ddigon ffwrdd-â-hi gan Eirys am wthio'r ffiniau, a'i throi hi'n stori dan bennawd teip trwm yn cynnwys yr ansoddair 'groundbreaking' ac yn sôn am 'challenging old-fashioned ideas'. Gorffennai â'r frawddeg glo: 'Anwen Morgan, founder and conductor of rival choir Melodïau'r Llan, was unavailable for comment as the *Mail* went to press.'

Suddodd calon Eirys, er ei bod yn sylweddoli mai gwylio'i chefn oedd y gyw ohebwraig. Mynd fwy nag allan o'i ffordd i gadw cydbwysedd newyddiadurol. Dim ond gobeithio bod Llio'n iawn yn y cyswllt yma, a bod cyhoeddusrwydd o unrhyw fath yn hwb. Allai hi ddim peidio â meddwl am ambell stori oedd wedi dod i'r wyneb am y sbyty dros y blynyddoedd, a theulu a pherthnasau'n troi eu gofid a'u rhwystredigaeth yn sylwadau deifiol am wasanaeth gwael. A'r rheiny yn eu tro yn gadael blas drwg, fel ffisig yng nghefn y gwddw, am wythnosau os nad am fisoedd wedyn.

Ond nid mater o fywyd neu farwolaeth oedd corau, diolch byth, meddyliodd, gan fflamio'i hun am fod mor groendenau. Hwyr glas i'r 'newid' arfaethedig ddod i fwcwl, wir. Roedd hi'n dechrau laru bod ar drugaredd ei hormons, yn flin fel cacwn un funud ac yna rhyw don o fod eisiau crio llond bol yn torri drosti'r funud nesaf.

Wedi dweud hynny fyddai hi ddim am fynd yn ôl i'w harddegau a'i hugeiniau cynnar eto, chwaith.

'Catrin efo gormod o waith swotio i ddod atan ni heno?' gofynnodd i Llio.

'Ym, wel . . . wnes i addo . . . sori, Eirys, a plîs peidiwch â deud wrth ei mam . . . ond wedi picio i Fangor i weld Tom mae hi. Roedd 'na ambell un arall o'r criw efo gap o ddwrnod neu ddau rhwng yr arholiadau yn ffansïo mynd allan am gwpwl o ddrincs, ac mi fachodd ar y cyfla. Mi fydd hi yma'r wsnos nesa.'

'Argian! Oes angan imi ddechra meddwl am brynu het, 'sgwn i? Mae hwn wedi bod o gwmpas ers sbel rŵan, tydi?'

Ac o weld wyneb Llio'n gymysgedd o euogrwydd ac embaras 'O-be-wna-i?' ychwanegodd: 'Paid â phoeni!

Tynnu coes. A wna i ddim sôn gair wrth fy chwaer fach. Iawn . . .? Sut mae'r arholiada'n mynd efo'r ddwy ohonoch chi?'

'Papur cynta Hanes yn ocê, ond mi oedd y Saesneg yn uffernol! Dwi'm 'di clŵad Catrin yn cwyno gormod hyd yn hyn, ond dwi'n gwbod ei bod hi'n poeni am yr ail bapur Cem ddiwedd yr wythnos. Mae hi'n gorfod cael gradda uchal os ydi hi isio gwneud y cwrs Dietetics 'na yng Nghaerdydd.'

'Paid â sôn wrth Helen, ond ella y gwneith rhyw awr neu ddwy yng nghesail Tom fwy o les iddi na phori drwy'r *periodic table* heno!' (Dim ond gobeithio na fyddai'n ei gorwneud hi ar y 'drincs').

Edrychodd draw i gyfeiriad Gwenda. Roedd hi wedi dod ati'i hun yn eithaf ar ôl y noson od yna yn Iwerddon i bob golwg, er bod rhyw wahaniaeth cynnil ynddi hefyd. Dim byd y gallai hi roi ei bys arno, dim ond rhyw ddiffyg sbarc yn y llygaid, a llai o wir frwdfrydedd yn y wên. Tybed oedd ei chorff hithau'n mynd drwy'r un felin hefyd?

O synhwyro llygaid Eirys arni, aeth Gwenda ati'n fwriadol i godi'r hwyliau, tynnu ar un neu ddwy o'r giang fel pe bai hi tu cefn i far y Lechan, codi'i bawd arni'n blentynnaidd, yn arwydd fod popeth yn Ê Wàn. Daliai i deimlo rhyw gymaint o gywilydd ar ôl iddi golli'r plot mor ddramatig y noson gyntaf honno yn yr Abbey. Roedd Eirys wedi bod yn graig, chwarae teg, a wnaeth hi ddim holi ymhellach. Hyd yn oed pe byddai Gwenda wedi medru dod o hyd i'r union eiriau i gyfleu'r hyn oedd wrth wraidd y peth, wyddai hi ddim yn iawn sut y byddai hi'n dechrau mynd ati i esbonio. A doedd hi ddim yn awyddus i ddechrau palu.

Pa haws fyddai neb o wneud hynny? Diflannu i fwy

o dywyllwch byth oedd canlyniad edrych i fyny dy din dy hun, heb sôn am fod yn boenus. Cofiai daro ar ryw ddrama ar y teledu rai blynyddoedd yn ôl. Seicotherapydd oedd y prif gymeriad, ac roedd un olygfa lle plymiodd i berfedd emosiynol un o'i gleientiaid a'i droi tu chwithig allan wedi aros efo hi. Er i'r cleient 'weld y goleuni' a sylweddoli pam ei fod yn ymddwyn fel ag yr oedd o, mi ddigwyddodd hynny ar draul colli rheolaeth lwyr arno'i hun. Cafodd Gwenda ei themtio i droi i sianel arall yn syth. Ond roedd rhywbeth am emosiwn cignoeth y boi ar y soffa a hoeliodd ei sylw, a daliodd i wylio'r ddrama i'r pen, er ei bod yn teimlo fel cadach llestri wedi'i wasgu'n dynn, dynn erbyn i'r awr a hanner ddod i ben.

Rhyw gnotyn tyn felly fu'n swatio'n anghyffordddus yn ei stumog ers Iwerddon. A thyndra fel llinynnau tannau rhyngddi hi a Ron ar adegau, yn enwedig dros y pythefnos diwetha. Roedd y gwahaniaeth rhwng y dyn hwyliog y tu ôl i'r bar a'i gysgod tawedog yn y parlwr cefn yn dechrau ei dychryn, yn fwy felly na'i fod o'n dân ar ei chroen.

Ac ar ben bob dim arall doedd Jackie ddim wedi bod ar ei hwyliau gorau ers sbel. Rhyw fynd drwy'r moshiwns yn y Lechan – lle roedd hi'n arfer bod â gwên barod i bawb – yn gyndyn ei sgwrs ac yn osgoi ei llygaid.

Penderfynodd daclo Ron am y peth ar ôl cyrraedd adre o'r llyfrgell bnawn ddoe.

'Mae hi'n ddigon anodd arnon ni efo pawb yn gwarchod eu ceinioga prin, ond mae'n rhaid i Jackie gael 'madal ar yr wynab ffidil 'na'n o handi hefyd, neu mi fydd hi wedi hel hyd yn oed y rhai mwya triw o'ma.'

'Gad lonydd iddi wir, Gwenda!' oedd ei ateb piwis. 'Dydi hi ddim yn hawdd iddi hitha chwaith, jyglo dwy job a'r Alun 'na a'i ben yn y gwynt, heb waith sefydlog.

Cefnogaeth mae'r hogan isio ar y funud, dim cyllall yn ei chefn. Mi ddown trwyddi, dim ond i bawb dynnu 'fo'i gilydd.'

'Gobeithio dy fod ti'n iawn neu mi fydd yn rhaid i titha droi'n ôl at dy lif a dy fwrthwl os eith hi'n stop tap arnon ni. A dim Jackie ydi'r unig un sy'n jyglo dwy job yn fama, chwaith. Cofio?'

A hithau wrthi'n mwynhau gwydraid helaeth o win gwyn yn y Clwb Criced, teimlai Gwenda ryw bigiad bach o euogrwydd o wybod fod Jackie'n gweithio yn y Lechan heno. Nid fod yr hogan wedi neidio at y cyfle, ond roedd hi wedi bod yn ddigon parod i wneud shifft ychwanegol pan ofynnodd Ron iddi ganol bore ar ôl i'r help achlysurol ffonio i ddweud ei fod o dan y ffliw.

'Sgin i'm llawar o awydd canu heno beth bynnag, ac mae Alun o gwmpas i warchod,' oedd ei hymateb ffwrbwt. Ac roedd Gwenda mor falch o weld gwên brin Ron pan ddeallodd fod problem arall wedi'i datrys, roedd hi'n fodlon maddau i Jackie a'i hwyneb tin am y tro.

Draw yn y Lechan, diolchodd Jackie am tua'r canfed tro mewn pythefnos ei bod hi wedi medru croesi un bont – fod Ron yn gwybod. Wedi'i chael ei hun, a hithau'n teimlo'i bod hi wedi'i gwasgu i gongol, yn rhannu ei newyddion efo fo un noson dawel tu ôl i'r bar. A chanfod ei fod o'n cydymdeimlo. Waeth beth fyddai ei phenderfyniad.

Gwenodd wrth ei wylio, llewys ei grys wedi eu torchi a'r blew golau ar ei freichiau'n dal y golau wrth iddo olchi'r gwydrau'n egnïol o dan y bar. Eu llygaid yn cyfarfod am eiliad, a'i winc gynnil yn gwneud i ddagrau tyner gronni'n ddigymell yn nwfn ei chalon.

'Daw hyfryd fis Mehefin': Eirys

Cael a chael fu hi i ddal y trên, diolch i'r ffaith fod y Cyngor – yn eu mawr ddoethineb ac ar drothwy'r tymor gwyliau – wedi penderfynu codi wyneb y brif ffordd i mewn i ddinas Bangor am ryw hanner milltir a mwy.

Penderfynodd ddod i mewn efo Gwyndaf. Byddai wedi costio ffortiwn iddi adael ei char yn y maes parcio am y penwythnos, a fyddai dim rhaid iddo fynd ormod allan o'i ffordd i'w waith.

'Gollwng fi yma!'

Wrth iddyn nhw nesáu o'r diwedd at fynedfa'r stesion, roedd Eirys wedi sylwi fod y goleuadau ar droi'n goch a phenderfynodd neidio allan yn y fan a'r lle, bachu ei chês-ar-olwynion yn gyflym o'r sedd gefn gan ddymuno 'Hwyl!' ffwrdd-â-hi dros ei hysgwydd. Codi ei llaw'n rhyw hanner ymddiheurol wedyn wrth iddo yrru yn ei flaen i gyfeiriad Ffordd y Coleg a'i swyddfa yn Adran Gyllid y Brifysgol.

Teimlo'n euog wedyn, wrth gwrs, fel y bu ers iddi benderfynu dal ati efo'r cynlluniau a'i throi hi am y Brifddinas dros y Sul. Gyrru i lawr efo'i gilydd oedd y bwriad yn wreiddiol, ond fe newidiodd pethau ganol yr wythnos pan ffoniodd Hywel, ei frawd iau, a ffarmiai'r cartref yn Nyffryn Conwy. Wedi cael pwl annifyr iawn o ffliw ac yn gofyn a fyddai Gwyndaf yn medru dod draw dros y Sul, fod angen pâr ychwanegol o ddwylo arnyn nhw.

'Duw a ŵyr, mi wneith les imi faeddu dipyn ar y dwylo meddal 'ma,' meddai. 'Ac mae aer y Dyffryn yn siŵr o fod dipyn glannach na'r sdwff sdêl 'na sy'n troi o gwmpas strydoedd Caerdydd!'

'Iawn. Ddisgwylia i, yli. Mi ddaw 'na gyfla inni fynd i weld Eifion rywbryd eto.'

Ond mae'n rhaid bod ei siom wedi dangos yn gysgod ar ei hwyneb, oherwydd fe aeth Gwyndaf ati'n syth i'w hwrjio i fynd ar y trên: 'Mi fydd yn newid braf, cyfla iti ymlacio rywfaint. Ti 'di bod drwyddi'r wsnosa diwetha 'ma efo dy dad. A dydw inna ddim wedi bod y cwmni gora. Dos. Ti'm 'di gweld Eifion ers wythnosa, a'r peryg ydi fod ei ddyddiadur o'n llawn o hyn tan ddiwadd yr ha' efo'r gwylia canu 'ma a ballu.'

'We are now approaching Cwmbrân. Rydyn ni nawr yn dynesu at Gwmbrân.'

Teimlai Eirys ryw adenydd bach yn dechrau trio codi hediad yn ei stumog, a'r gair bach hen ffasiwn 'dynesu' yn od o debyg i'r gair 'dawnsio' rywsut. Gwenodd. Llai na hanner awr i fynd cyn cyrraedd gorsaf Caerdydd Canolog! Gobeithiai y byddai Eifion yno'n disgwyl amdani. Nid nad oedd hi'n hollol abl o ddod o hyd i'r gwesty roedden nhw wedi'i fwcio, ond roedd 'na rywbeth hanfodol drist am lanio ar blatfform llawn pobol yn cyfarch ei gilydd a neb yn chwilio'r dorf am eich llygaid chi.

Edrychai ymlaen at rannu'r newyddion teuluol diweddaraf hefyd, er y byddai'n rhaid iddi wneud rhywfaint o 'olygu' creadigol rhag ei ddiflasu'n ormodol. 'Bach y nyth' oedd Eifion o hyd yn ei golwg er gwaetha'r ffaith ei fod o bellach yn tyrru uwch ei phen, dros chwe throedfedd ohono, ac yn prysur droi'n ddyn yn ei oed a'i amser. Ac mor debyg i'w thad o ran ei wedd a'i osgo! Go brin y byddai hi'n sylwi i'r un graddau pe bydden nhw'n dal i fyw dan yr un to, ond fe fu bron i'r peth gipio'i gwynt yn gyfan gwbl y tro diwetha y gwelodd hi o.

A bellach dyma'i thad yn Uned Asesu'r sbyty, yn tynnu am y drydedd wythnos erbyn hyn. O leiaf roedd hi'n gwybod ei fod o'n saff ac nad oedd ei mam dan straen, ac roedd hynny'n rheswm arall dros fachu ar y cyfle i gael brêc. Testun dychryn oedd y ffaith ei fod o wedi dirywio mor sydyn ers dechrau'r flwyddyn. Ei galon yn nogio a'r diffyg cylchrediad gwaed i'w ben yn achosi'r dementia a fygythiai ddifa ei bersonoliaeth.

Mor braf oedd cael rhoi'r cwbl y tu cefn iddi am y tro! Y drafferth oedd ei bod hi bron yn amhosib osgoi'r sefyllfa gartre oherwydd ei bod yn gweithio yn y sbyty, a theimlai'n euog am basio'r Uned ar ei ffordd i'r maes parcio ar ddiwedd y dydd heb daro i mewn i'w weld. Bellach, a'r trên yn nesáu fesul milltir fer at Gaerdydd, teimlai ei hysgwyddau'n llacio a'r tyndra ar draws ei thalcen yn gollwng ei afael.

'Ioan Gruffydd ydi un o berchnogion y lle 'ma, 'chi! Jesd y lle i seran o fam, 'de? Sori bod 'na ddim carpad coch yma heno.'

'Rho'r gorau i dy fwydro wir, Eifion!' ebychodd â gwên lydan ar ei hwyneb wrth iddynt gamu i mewn i fwyty'r Mimosa yn y Bae yn ddiweddarach y noson honno. Lle ffasiynol o blaen a digysur oedd o, a'r nenfwd uchel yn golygu bod sŵn lleisiau'r bwytawyr yn drybowndian o un wal i'r llall. Ond roedd y bwyd yn ddi-fai.

Wrth i'r noson fynd rhagddi aeth cynnal sgwrs go lew o gall yn anos, os nad yn amhosib oherwydd y sŵn. Ond rhwng ei blinder a'r gwin teimlai Eirys yn ddigon balch nad oedd angen gwneud yr ymdrech. Nid dyma'r lle na'r adeg, beth bynnag, i ddechrau dadlwytho'i phryder am ei thad ac am faich gwaith Gwyndaf. Ei frwydr barhaus, fel dirprwy'r Adran Gyllid, i docio costau'r Brifysgol. Y drwgdeimlad cynyddol o gyfeiriad ambell adran.

Cael cwmni Eifion oedd y peth. Eistedd gyferbyn ag o, a mwynhau edrych ar ei wyneb. Sylwi ar y newidiadau cynnil, y blewiach garwach ar ei ên, y cyhyrau amlycach yn ei freichiau. Atgoffa'i hun o'r newydd o liw ei lygaid, siâp ei wefusau, ei ddull o fwyta. Cael benthyg rhywfaint o'i egni, ei deimlo'n treiddio rhyw fymryn i mewn i'w mêr blinedig.

Canai ei chlustiau wrth iddyn nhw deithio'n ôl i ganol y ddinas mewn tacsi ar ddiwedd y noson.

'Diolch iti am drefnu hynna, cyw. 'Di mwynhau.'

'Mae'n ddrwg gen i na fydda i ddim o gwmpas nos fory 'fyd. Ond dydi cyfla fel hyn ddim yn codi'n amal. Y boi sy'n chwara sacs i'r grŵp fel arfar 'di torri'i fraich. Do'n i'm yn licio gwrthod, ac ella y gwneith o agor amball i ddrws.'

'Eifion – rho'r gora i chwipio dy hun! Mae dy hen fam yn ddigon abal i edrach ar ôl ei hun yn y ddinas fawr ddrwg, 'sti!'

'Galwch heibio'r bar amsar cinio fory, 'ta. Fi sy'n gneud y paninis mwya lysh yng Nghaerdydd!'

'Da'r hogyn. Wela i di tua'r hannar dydd 'ma. Tria gadw rhyw gongol bach snêc yn rhydd i mi.'

Gollyngodd y tacsi hi o flaen gwesty'r Big Sleep, a chanai'n ysgafn dan ei gwynt wrth iddi wasgu botwm y lifft a'i cludai i'r trydydd llawr ac ebargofiant, am ychydig oriau beth bynnag.

Pe byddech chi wedi pwyso arni i esbonio pam yn ddiweddarach, byddai wedi dweud mai gweld Stadiwm y Mileniwm – yn edrych fel sgwner wen â mastiau hwyliau gweigion – ar ei ffordd i Dafarn Taf wnaeth ei hatgoffa. Ei meddyliau'n troi at dripiau'r gorffennol. Gêmau rygbi, seshys, gigs . . . Cyfuniad o hynny a'r moeth o gael diosg cyfrifoldebau; ysbryd 'pam lai?' cynefin gwahanol.

Ond y gwir amdani oedd bod conglau'r cerdyn a wasgodd i'w llaw yn Iwerddon wedi gwisgo'n llyfn dros yr wythnosau wrth iddi ei fwytho ym mhoced ôl ei phwrs. Bu ei rif ffôn (swyddfa a mobeil) a'i gyfeiriad e-bost yn swatio yno, rhwng y llyfr stampiau a dyddiad ei hapwyntiad gwallt nesaf, fel haul rhwng cawodydd, rhyw atgof o antur. Dim mwy na hynny. Dim ond posibilrwydd o dan ei bysedd. Tan yr eiliad honno.

Pwysodd yn erbyn rheiliau'r bont dros ffordd i'r dafarn, yn falch o'u cynhaliaeth.

'Clem?'

Swniai ei llais yn od o uchel ac yn annaturiol o ddidaro wrth iddi benderfynu mentro a gadael neges ar ei *voicemail*.

'Dwi yma tan fory. Jesd meddwl os oeddat ti yn y ddinas y penwsnos 'ma y basa'n braf dy weld di. Cwarfod am ddrinc bach bellach mlaen os ti'n rhydd, ella . . .'

Anelodd yn syth am y tŷ bach cyn gynted ag yr aeth i mewn drwy ddrysau'r dafarn, gan weddïo na fyddai Eifion yn sylwi arni. Taro golwg euog ar ei hwyneb yn y drych rhag ofn bod unrhyw arwydd o'i mentro byrbwyll i'w weld yno. Ei llygaid fymryn yn wyllt efallai, ond ar wahân i hynny fyddai unrhyw un a droediai balmentydd Caerdydd ddim yn edrych arni ddwywaith. Dim ond gobeithio bod Eifion mor brysur yn cymryd ordors ac yn paratoi bwyd na fyddai'n sylwi ar y sglein ychwanegol yn ei llygaid, a'r gwrid yn frodwaith o gwmpas ei gwddw.

Doedd dim rhaid iddi boeni.

'A! Mrs Puw! Fedra i eich temtio chi i roi cynnig ar ein sbesial ni heddiw? Neu beth am y cawl? Er, erbyn meddwl, mi roedd 'na ryw dderyn bach yn deud wrtha i eich bod chi'n sgut am baninis 'fyd!'

Wrthi'n bustachu i mewn i drowsus braidd yn dynn ac yn difaru iddi gael ei themtio i archebu pwdin oedd hi pan ganodd ei ffôn bach tua dwyawr yn ddiweddarach. Ymbalfalodd amdano yng ngwaelod ei bag, y denim yn gonsertina o gwmpas ei fferau, ei dillad isaf yn edrych yn od o fregus amdani. Trodd ei chefn ar ddrych didrugaredd y ciwbicl newid yn Howells wrth bwyso'r botwm Ateb.

'Eirys, 'chan! Braf clywed wrthot ti!'

'Clem! Sud wyt ti?'

'Yffach, ti'n swnio'n fyr dy ana'l braidd, fenyw! Paid gweud fod bywyd y ddinas yn troi'n drech na thi!'

'Talu'r pris am drio smalio 'mod i fodfeddi'n llai nag ydw i o gwmpas fy ngwasg a deud y gwir. Dwi'n meddwl 'mod i wedi mynd yn rhy hen i wisgo jîns . . .'

Ei geiriau'n edwino'n ddim, a dagrau annisgwyl yn bygwth llenwi ei llais.

'Beth am ryw *pick me up* bach at ddiwedd y pnawn, 'te? Mwy o les i'th ened di o lawer na siopa dillad.'

Ac enwodd dafarn oddi ar un o'r prif strydoedd a threfnu i'w chyfarfod yno am bump.

Allai hi ddim canolbwyntio o gwbl wedyn. Dim ond prowla o gwmpas y canolfannau siopa newydd, a'u nenfwd uchel a'u gwydr sglein yn atsain i gyd fel hen eglwysi cadeiriol. Gadael i'r grisiau symudol ei chario hi i fyny ac i lawr, i fyny ac i lawr, fel dolen ddiddiwedd barhaus mewn breuddwyd. A'i breichiau'n wag.

Dyna oedd y peth cyntaf y sylwodd Clem arno pan fentrodd hi i mewn i'r dafarn toc ar ôl pump. 'Mae'n rhaid bod gwaed rhyw hen Gardi cybyddlyd ynot ti rywle, 'chan! Dim byd yn siope'r Brifddinas yn ddigon i dy ddenu di 'te . . .Wel, wel . . .' Cydio'n ofalus yn un o gudynnau anystywallt ei ffrinj a'i symud o'r neilltu rhwng ei fysedd er mwyn cusanu ei thalcen. Y ddau'n gwenu ar ei gilydd, yn falch o gael rhywbeth i ganolbwyntio arno, i chwalu'r chwithdod cyntaf. Yn ymwybodol mwyaf sydyn, a haul Mehefin yn eu denu allan i eistedd wrth un o'r byrddau metel ffasiynol ar y pafin, o gyffyrddiadau hen hafau.

Y sgwrs yn gyfforddus rhyngddyn nhw wedyn, y gwres o'r pafin yn gostwng yn raddol a'r noson yn addo bod yn un falmaidd. Ac yn y bylchau braf rhwng ambell frawddeg, y ddau'n mwynhau gwylio pobol yn hamddena ar eu ffordd adref, rhai'n oedi mewn ffenestri siopau, eraill yn taro golwg ar fwydlenni bwytai. Pawb i weld yn gyndyn o ollwng eu gafael ar yr haul. A phan drodd o ati, ymhen rhyw awr, a gofyn â direidi'n dawnsio yn ei lygaid: 'Be hoffet ti? Bwrdd i ddau yn Portos a photel o'r gwin coch gore, y trimins i gyd, neu wely mawr moethus a swper siampên?' Chymrodd hi fawr mwy nag eiliad iddi benderfynu. Yn dyheu am gael pwyso'i phen ar ei ysgwydd wrth iddi gerdded wrth ei ochr i gyfeiriad yr Hilton.

Drannoeth, ac yntau ar ei ffordd adref i'r fflat a'i ben yn dal i guro i fît Clwb y Toucan, yn teimlo'n chwil oherwydd oriau di-gwsg ar soffa lympiog un o'r gitarwyr, mae Eifion yn meddwl am funud mai dychmygu'r peth mae o. Yn cau ei lygaid yn dynn er mwyn chwalu'r rhith. 'Callia, wnei di!'

Eu hailagor yn ofalus. Ond mae hi dal yno. Y wraig sy'n cerdded allan o'r Hilton, a braich rhyw foi diarth yn ei thynnu hi i'w gôl. Y ddau'n ddwfn mewn sgwrs, ei gwallt hi'n edrych o'r fan yma fel pe bai o dal yn damp. Big Sleep o ddiawl! Fuo fawr o hynny neithiwr i bob golwg.

Mae o'n stopio'n stond. Troi i wynebu i'r cyfeiriad arall yn reddfol, a rhythu drwy ffenest y siop agosaf. Ogla gweddillion y tsips a'r sôs cyri a adawyd ar y pafin dros nos yn codi pwys arno. Taro cipolwg yn ôl ymhen rhyw ddau funud a'u gweld yn dirwyn eu ffordd yn hamddenol i gyfeiriad canol y ddinas. Lliw siaced glaswyrdd ei fam yn ei atgoffa, fel y gwnaeth yn y stesion bnawn Gwener, o'r gwyliau braf 'na yn Mallorca ers talwm. Yntau'n byw ac yn bod ym mhwll nofio'r gwesty. Yr haf hwnnw cyn iddo ddechrau yn yr ysgol uwchradd.

Pe bai ganddo fricsen, byddai'n ei lluchio'n llawen drwy ffenest y siop ac i'r diawl â'r canlyniadau. Rhaid iddo fodloni ar roi cic i'r bocs tsips polysteirin yn lle hynny, yn damio'n ffyrnig wrth i'r sôs lliw pibo llo sblasio'n strempiau drewllyd ar hyd ei jîns.

'*Ar lan y môr*': Catrin

'Mae o i weld yn foi iawn.'

'Be oeddat ti'n ddisgwl? Rhyw linyn trôns heb ên? Acen la-di-da? *As if* y baswn i'n cael 'y nhemtio i dwtsiad pen 'y mys – heb sôn am ddim byd arall – yn un o'r rheiny! Dydyn nhw ddim i gyd fel'na, 'sti Eifs.'

Gorweddai Catrin ac Eifion ar glamp o dywel mawr coch ar draeth pellaf Llanddwyn, bagiau picnic wrth eu hymyl, yn gwylio Tom Westley'n ei throi hi'n frwdfrydig am y tonnau, ei fwrdd syrffio o dan ei gesail. Diwedd Mehefin. Arholiadau Catrin yn tynnu at eu terfyn ac Eifion, ar ôl ei chael hi'n anodd byw yn ei groen ers dyddiau, wedi penderfynu dod i'r Gogledd am y penwythnos.

Digwydd galw heibio fel roedd ei gyfnither a'i chariad ar fin cychwyn am y traeth ganol bore wnaeth o, a neidio ar y cyfle i ymuno efo nhw ar ôl dim ond hanner awgrym. Tom yn symud y llanast ar sedd gefn ei fan i'r naill ochr, ac i ffwrdd â nhw am Fôn.

Roedd cael mwydro yn yr haul fel hyn efo Catrin fel camu'n ôl i oes ddiniweitiach, symlach, rywsut. Yn werddon lle gallai smalio fod y ddaear yn gwbl gadarn dan ei draed, lle nad ildiai'r tywod fodfedd. Bosib fod 'na rywbeth am droi cefn ar dir mawr a gwylio'r gorwel o lonyddwch ynys. Beth bynnag oedd i gyfri, gallai deimlo'i hwyliau'n codi am y tro cyntaf ers tro.

'Hei! Ti rioed yn trio dysgu'r hogyn o'r ddinas be 'di be gobeithio? Mae'r lle 'cw'n hîfio 'fo Saeson, cofia, ond dim ond chydig o prats go iawn dwi wedi dod ar 'u traws nhw, diolch byth. Ac mae 'na amball i Gymro di-Gymraeg sy llawn mor gyfoglyd o ddi-ddallt, os nad yn waeth.'

'*Tell me about it!*'

Ac aeth ati i sôn wrtho am y creadur 'ma yn y banc y diwrnod o'r blaen oedd yn methu'n lân â deall pam ei bod hi'n 'ffysio' am nad oedd 'na neb wedi meddwl ailgyflenwi'r slipiau talu i mewn Cymraeg wrth y cownter aros. 'Not much call for them,' meddai'n ddidaro yn ei Saesneg-ag-acen-Gymraeg-gref. A phrin wnaeth o gyffroi pan arthiodd hithau yn ei wyneb: 'Be dach chi'n ddisgwyl os nad ydach chi'n eu cynnig nhw yn y lle cynta! Dach chi 'di clywad am yr iâr a'r ŵy, do . . .?' Aeth ati i chwilota'n ddiffaith wedyn mewn rhyw ddrôr dan ei ddesg a gosod bwndel slipiau braidd yn flinedig yn ei llaw.

'Mi gawn ni warad ar y diawlad i gyd pan ddaw'r chwyldro!'

'Jesd rho jans imi orffan yr arholiada 'ma gynta, ac mi fydda i efo chdi ar y ffrynt lein!'

'Edrach mlaen at gael dechra yng Nghaerdydd 'ta?'

'Mmmm . . . er ma'n rhaid i mi ddeud 'mod i ffansi cymryd blwyddyn allan erbyn hyn 'fyd.'

'Ffansïo brêc neu ffansïo'r boi *macho* 'na sy'n gneud campa ar y tonna yn fwy ella?'

Cochodd Catrin, cwpanu llond llaw o dywod a'i wylio'n llifo'n llyfn drwy'i bysedd.

'Dwi'm yn ffansïo rhoi gormod o filltiroedd rhyngddan ni ar hyn o bryd, ma' raid imi ddeud.'

'O! Ai-ê!'

'Jesd meddwl y basa hi'n braf cael chênj o ista wrth

ddesg yn cymryd nodiada ac yn stydio hefyd. Mae'r cwrs Dietetics yn para pedair blynedd, a – sleit dîtel – mae'n rhaid imi gael y gradda iawn 'fyd, cofia, fel mae Mam mor barod i f'atgoffa i. Mi fasa'n dda gen i tasa hi mor *laid back* â'i chwaer hŷn!'

'Efo chdi ella . . .'

'Chwara teg, Eifs . . .'

'Na, fi sy'n 'i gweld hi ar biga braidd ar hyn o bryd. Ei meddwl hi'n bell.'

'Mae gynni hi lot i feddwl amdano fo hefyd, does?'

'Be ti'n feddwl?' Braidd yn siarp.

'Iechyd dy daid, 'i gwaith, criw'r Dwsin . . .'

'Ia . . . Siŵr bod chdi'n iawn . . .'

Edrychai Eifion y tu hwnt i Tom i gyfeiriad cob Malltraeth gan ddilyn hynt haid o wylanod a droellai uwchben y tonnau, fel pe baen nhw ar fin disgyn ar ryw ysglyfaeth flasus yn yr heli.

'Dydi'r hen go' ddim yn cael amser rhy wych yn y coleg ar y funud chwaith.'

'O?'

'Y Brifysgol yn gorfod chwilio am ffyrdd o safio pres. Mae 'na sôn am gael gwarad ar staff a ballu a *guess* pwy sydd yn y *firing line* gen yr academics? Y Boi Pres. Dim y bòs, wrth reswm, ond y dirprwy druan sy'n gorfod gneud y gwaith budur. Mr Gwyndaf Puw, Pen Bwgan. Cradur.'

O gil ei lygad gallai weld Catrin yn dilyn pob symudiad o eiddo Tom ar ei hwylfwrdd. Prin y tynnodd hi ei golygon oddi arno gydol eu sgwrs. Nid am ei bod hi'n poeni am ei allu i reoli nerth y tonnau, ond fel pe bai hi am gofio pob manylyn er mwyn eu storio nhw yn albym ei chof.

Draw ym mhen pellaf y traeth roedd y rhan fwyaf o'r gwylanod wedi laru disgwyl i weld beth a ildiai'r môr, ar wahân i ddwy fwy amyneddgar na'i gilydd, ac wrth i'r rheiny ddal i gylchu uwchben y tonnau a chraffu'n ddwys ar y dŵr, bron nad oedd eu hadenydd yn cyffwrdd.

'Dwi'n meddwl bod Mam yn cael affêr.'

'Be?!'

'Mam. Dwi'n gwbod bod hyn yn swnio'n hollol nyts, ond dwi'n meddwl 'i bod hi'n cael affêr. Mi welish i hi efo'r boi 'ma yng Nghaerdydd pan oedd hi yno bythefnos yn ôl.'

Diflannodd Tom oddi ar radar Catrin ar amrantiad a syllodd i fyw llygaid poenus ei chefnder. Ei meddyliau'n gwibio'n ôl i Iwerddon, yn ailchwarae tâp noson yr Abbey yn ei phen. Roedd hynny i weld yn rhywbeth digon diniwed. Dyn a dynes canol oed yn ailgyfarfod am y tro cyntaf ers blynyddoedd, yn rhoi'r byd yn ei le, yn cael laff wrth gofio troeon trwstan, tynnu ar ei gilydd am wrincls, triniaethau hormons, neu beth bynnag arall y bydd pobol canol oed yn eu trafod o dan amgylchiadau felly.

Clirio'i gwddw. Trio 'sgafnu pethau, trio peidio panicio.

'Dydi dy fam rioed yn cuddiad *toyboy* i lawr yno!'

'Blydi hel, Catrin! Dwi o ddifri!'

'Ella 'na jesd wedi dod ar draws hen ffrind oedd hi. Dydi'r ffaith fod dynas oed dy fam yn ffrindia efo dyn ddim yn golygu fod y ddau'n boeth am ei gilydd, nacdi?'

'Mi faswn i'n deud 'u bod nhw'n dipyn mwy na ffrindia. Gweld y ddau'n hongian ar ei gilydd ar 'u ffordd allan o'r Hilton am ddeg fora Sul wnes i. A dwi ddim yn meddwl mai trafod sefyllfa ddiweddara'r economi nac ar eu ffordd i'r capal oeddan nhw rywsut.'

'Boi mewn oed? Hŷn na dy fam? Iau?'

'Argo! Fasat ti'n licio cael gwbod be oedd lliw 'i gar o 'fyd? Catrin!'

'Sori, Eifs. Jesd 'di cael dipyn o sioc, dyna'r cwbwl.'

'Ia. Sori. Dwi'm yn gwbod be i feddwl, Cat, dyna'r gwir amdani. Mae 'mhen i'n teimlo fel tasa fo'n llawn sgrwtsh. Boi sdoci, llond pen o wallt, ffrâm chwaraewr rygbi. Un felly oedd o os ti wir isio gwbod. Welish i rioed mono fo o'r blaen.'

'Reit.'

'Mi ddoish i adra gan feddwl ei thaclo hi am y peth, ond ar ôl cyrradd mae bob dim i weld mor normal, wel, fel bydd petha fel arfar. Ac efo Dad dan bwysa efo'i waith a Taid yn giami . . .'

'Wnest ti'n iawn, Eifs. Does na'm byd i'w ennill. Gadal i betha fod faswn i. A dydi'r "petha" hynny ddim bob amsar yn edrach yn union fel ma' nhw ar yr olwg gynta, cofia . . . O-mai-god gwranda arna i! Miss *Cliché*! Sori. Ond ti'n gwbod be dwi'n feddwl.'

A gwasgodd ei ysgwydd yn gartrefol, ei chyffyrddiad dipyn cadarnach na chyflwr ei hemosiynau.

'Wn i'm be i neud. O'n i 'di penderfynu peidio deud gair wrth Bryn eniwê. S'nam point. Fasa fo ddim yn sylwi ar ddim byd. Os nad oes gynno fo lond ei fol o'r *software* diweddara ac yn siarad JavaScript does ganddo fo fawr o ddiddordab. Paid â sôn dim wrth neb arall chwaith, cofia.'

'*As if!*'

'Hey you two! Smile! It may never happen . . .'

'Oh, hi Tom! Just catching up on family stuff. Haven't seen Eifs in ages. Good waves?'

'OK. Don't pack the same punch as Cornwall though.'

'But Newquay can't compete with this place's awesome heritage, right?'

Syllodd Tom ar Eifion mewn penbleth, tôn ei lais

wedi'i daflu oddi ar ei echel braidd. Llifai'r dŵr heli i lawr ei wyneb a'i siwt nofio rwber, y tywod yn troi'n bwdin o dan ei draed.

'You know St Dwynwen? Patron saint of lovers? She fled here after being disappointed in love. Lived like a hermit. See that Celtic Cross on the island behind you . . .?'

'I'm not really into history and stuff, Eiffion. Am I, Cate? Tell you what, though, I could murder a pint after all that exercise! How 'bout stopping at the Bridge on the way home?'

'Beth yw'r haf i mi?': Jackie

Byddai wedi rhoi unrhyw beth am gael gorwedd ar draeth cynnes a gadael i'r haul ei chusanu o'i chorun i'w sawdl. Roedd 'na oglau eli haul ar yr awyr a'r cwsmeriaid mewn hwyliau da ac yn llawn sgwrs. Roedd 'na rywbeth am yr haul a wnâi i gariadon glosio'n naturiol hefyd, a bu'n rhaid iddi'i dwrdio'i hun fwy nag unwaith wrth iddi deimlo'r dagrau'n bygwth yng nghanol y rhialtwch a'r llygaid llo bach.

Y gwir amdani oedd na fyddai ganddi siawns o ffitio'n daclus i mewn i'w gwisg nofio, er nad oedd hi ddim yn 'dangos' o gwbl bron hyd yn hyn. A waeth iddi stwffio'i bicini i gefn y cwpwrdd am rai blynyddoedd eto.

Tynnodd yn fwy ffyrnig nag a ddylai ar un o'r pympiau cwrw nes i'r ewyn fygwth llifo'n afon dros ymyl y gwydr peint. Sut goblyn fu hi mor flêr?

'Rwbath ddudish i?'

Jac, un o'r cwsmeriaid ffeindiaf, oedd yr ochr arall i'r bar wrth lwc.

'Sori! Y gwres 'ma'n gneud rhywun yn ddiamynadd am wn i. Dydan ni ddim yn arfar efo fo fel maen nhw dros y môr, nacdan?'

'Dda i'w ga'l o 'fyd. Ac maen nhw'n deud ei fod o am bara am ryw bythefnos. Siawns y cei di amball noson off gan y Ron 'ma i'w fwynhau o.'

'Caf, chwara teg. Fedra i'm disgwl, deud gwir. Hwyr glas gen i weld nos Fawrth a nos Ferchar nesa'n cyrradd!'

Roedd rhyw gur pen wedi bod yn ei phlagio fel y ddannodd ers awr neu ddwy erbyn hyn, a manteisiodd ar y cyfle i eistedd ar un o'r stolion uchel y tu cefn i'r bar am funud.

'Bob dim yn iawn?' Roedd Ron mor ystyriol ag erioed.

'Jesd teimlo fel tynnu'r pwysa oddi ar 'y nhraed am chydig.'

'Croeso i ti fynd i'r cefn am frêc bach os tisio, 'sti. Mi fydd Gwenda a fi'n iawn am y tro. Ma' petha wedi dechra tawelu fymryn.'

'Ella gwna i am funud, 'ta, os dach chi ddim yn meindio.'

Cododd yn reit handi cyn i Gwenda gael cyfle i bigo'i chydwybod efo ryw sylw bach miniog, neu drwy rowlio'i llygaid yn awgrymog. Ochneidiodd yn braf wrth ollwng ei hun ar y soffa gyfforddus a chau ei llygaid. Cau'r blydi byd cymhleth 'ma allan am eiliad neu ddau.

Sôn am stomp! Ac i wneud pethau'n waeth roedd fel pe bai ei brên, fel ei chorff, ar streic hefyd. Methu meddwl yn glir, a'i phen yn teimlo fel pe bai'n llawn wadin. Damia, damia, damia! Dyrnodd un o'r clustogau nes bod sbeciau bach o lwch yn dawnsio'n gawod yng ngolau'r haul hwyr.

Pe bai hi ond wedi medru magu'r gyts i wneud yr hyn roedd hi'n gwybod yn ei chalon oedd yn iawn! Roedd hi wedi mynd cyn belled â gwneud apwyntiad efo Dr Jones yn y syrjyri pnawn, wedi seicio'i hun i fyny, paratoi ei hun ar gyfer unrhyw gwestiynau chwithig. Ond yn nodweddiadol o'i lwc hi ar y funud, roedd y Doc yn rhedeg yn hwyr, ac wedi hanner awr yng nghwmni mam ganol oed a'i phlentyn bach ciwt roedd hi wedi'i chael ei hun yn mwmblian rhywbeth am *cystitis*, bod ei dŵr yn llosgi, gorfod mynd bob pum munud a ballu. Derbyn y botel blastig ganddo, addo dod â sampl i mewn drannoeth. 'Yn y cyfamser yfwch ddigon o ddŵr, cadwch eich cefn yn gynnes a llowciwch y tabledi! Fyddwch chi'n well mewn dim, dwi'n siŵr!'

Biti na fyddai bywyd mor syml â hynny, myn dian i! Roedd hi wedi lluchio'r botel i'r bin agosaf i'r syrjyri a chario'i baich yn ôl adref efo hi. Teimlo'n euog ei bod hi wedi twyllo'r doctor, er nad oedd yr hyn ddywedodd hi'n gelwydd i gyd chwaith. Teimlai fel pe bai ganddi bledren hen wreigan ar hyn o bryd.

Nid fod Alun wedi sylwi dim, diolch byth. Job arall wedi dod i'r fei, yn lleol y tro yma, oedd yn golygu fod y ddau ohonyn nhw'n pasio'i gilydd yn y drws bron wrth iddi hi gychwyn am y Lechan. Yntau'n cyrraedd adre'n barod i fwyta'r swper roedd hi wedi'i baratoi ar ei gyfer, cyn lownjio ar y soffa, cadw llygad ar Ceri a'i hwylio hi am ei gwely. Naw gwaith allan o bob deg wedi iddi landio'n ôl ar ddiwedd ei shifft roedd o'n fflat-owt ac yn chwyrnu fel trŵpar. Hithau'n ddigon parod i adael llonydd iddo ymgolli yn ei freuddwydion.

'Jackie . . .?'

'Mmm . . .?'

'Ddrwg gen i darfu ar dy gyntun di ond mae hi'n dechra troi'n wyllt 'ma eto.'

'Sori, Ron. Ma'n rhaid 'mod i 'di dechra hepian heb sylweddoli . . .'

Teimlai ei cheg yn sych. Glynai rhyw flas afiach wrth gefn ei gwddw.

'Mi fydda i yno rŵan.'

Ron druan a'i lygaid llawn ymddiheuriad! Yn y man canol anghyfforddus hwnnw rhyngddi hi a Gwenda. Roedd pethau, am ryw reswm nad oedd hi'n ei ddeall, wedi dirywio rhwng y ddwy ohonyn nhw dros yr wythnosau diwetha 'ma. Doedd wiw iddi edrych arni bron; yn sicr câi'r teimlad nad oedd unrhyw beth a wnâi yn ei phlesio hi.

Taflodd gip sydyn arni ei hun yn y gwydr uwchben y lle tân, tynnu ei gwallt hir tywyll yn ei ôl â'i dwy law cyn ysgwyd ei phen mewn ymdrech i roi dipyn o gic i'r tresi difywyd, ac i gael 'madael â'r cur oedd wedi llacio rhyw fymryn, ond a oedd yn dal i bwyo'n ysgafn dan yr wyneb.

'Haia Jackie!'

Diolch am weld wyneb hwyliog, cyfarwydd Catrin! Un arall oedd wedi bod yn tostio ar y traeth yn ôl ei golwg, a sglein yr heli yn ei llygaid. Amneidiodd Jackie i gyfeiriad Tom Westley oedd wedi llwyddo i fachu lle i'r ddau ohonyn nhw yn yr unig gongl sbâr oedd ar gael ar hyn o bryd.

''Di bachu dipyn o bishyn yn fanna faswn i'n ddeud! Yma am y penwsnos mae o?'

'Naci, 'dan ni efo'n gilydd ers dipyn rŵan. Y Bridge neu'r Old Glan ydi 'i lefydd o fel arfar ond mi wnes i fedru 'i berswadio fo i fentro i'r Lechan heno. Deud gwir, Eifion 'y nghefndar ddaru fynnu'n bod ni'n dod yn ôl yma. Isio gneud yn fawr o'i amser adra cyn iddo fo'i chychwyn hi am Gaerdydd fory.'

A thra oedd Jackie'n gweini'r diodydd mi aeth hi'n sgwrs am goleg, am gymryd blwyddyn allan, y manteision a'r anfanteision, am y boen yn y tin o ddisgwyl am ganlyniadau arholiadau, am bobol oedd yn mynnu nad oedd arholiadau ddim hanner mor anodd ag oeddan nhw ers talwm. Am edrych ymlaen at ryddid.

Y geiriau'n golchi drosti, cael bod wyneb Carwyn yn nofio o'i blaen hi mwyaf sydyn, gwenu wrth gofio'u caru nhw yng ngolau machlud haf wedi'r arholiad lefel A olaf, y teimlad od 'na rhwng poen ac awydd ym mhwll ei stumog, yr adenydd glöyn byw bach 'na'n tonni, tonni . . .

'JACKIE!!'

Beth oedd hi wedi'i wneud eto? Pam goblyn roedd Gwenda'n sgrechian fel rhywun o'i cho?

'JACKI-I-I-E!! RON!! Sbia! Mae 'na rwbath 'di digwydd. Sbia ar ei choesa hi!'

Trodd Jackie i edrych yn syn ar Gwenda, wedyn y tu hwnt i'r bar, o gwmpas y lownj, chwilio am ryw hen wraig wedi colapsio, hogan ysgol wedi bod yn flêr efo'r *fake tan* o bosib. Pam y ffŷs? Oedd Gwenda wedi colli'r plot go iawn y tro yma?

Teimlo dwylo cadarn Ron ar ei hysgwyddau wedyn yn trio'i chael hi i symud, i eistedd. Teimlo rhyw wlybaniaeth cynnes. Argian! Doedd hi erioed wedi pi-pi heb sylwi! Eitha gwaith iddi am balu c'lwyddau efo Dr Jones y diwrnod o'r blaen. 'Ron?'

'Dyna chdi, Jackie. Mi fydd bob dim yn iawn. Dal arni. Dal arni.'

Clywed rhywun ymhell, bell i ffwrdd yn sôn am ambiwlans.

Edrych i lawr wedyn. Syllu'n syn ar y pwll bach tywyll lle bu hi'n sefyll y tu ôl i'r bar, a hwnnw'n dechrau lledu, yn gwau'n ddiog rhwng y styllod pren, yn ceulo. Ac yna'r boen yn ei tharo fel ton, hithau'n cydio yn silff y bar fel pe bai hi ar fwrdd llong yn suddo. Rhyw riddfan cyntefig yn codi o'i pherfedd ohono'i hun. Ei choesau noeth o dan ei sgert ysgafn yn rhwydwaith o wythiennau cochddu wrth i'r bywyd ddechrau llifo allan ohoni. Hithau'n edrych yn hurt ar y gwaed yn hel yn rawn llugoer dan strapiau ei sandalau gwynion.

'Yr eneth glaf': Gwenda

Cysur. Dyna a deimlai wrth glywed curiad cyson ei gwaed yn ei chlustiau. Hithau'n cerdded, cerdded yn ei hunfan yng nghwmni Lorraine a wenai'n ddel ar soffa GMTV ar y sgrîn fach o'i blaen.

Curo, curo; ei thraed yn powndio, powndio, y dafnau chwys yn gwthio'u ffordd allan o'i chroen, yn llifo'n gynnes rhwng ei brestiau. Staen ei hymdrech yn fathodyn balch ar flaen ei chrys polo. Cysur. Rhyddhad hefyd wrth deimlo'r tocsins afiach yn llifo o'i system a hithau'n cael y cyfle i ddechrau o'r dechrau, unwaith yn rhagor.

Taflu cip sydyn o'i chwmpas. Roedd 'na lot i'w ddweud dros ddod yma cyn iddi gychwyn ar ei gwaith yn y llyfrgell. Llai o ogla chwys, llai o duchan a maeddu, llai o jyrms. A neb i swnian arni i fwyta brecwast harti cyn mynd i'w gwaith. Câi fyw ar y gwynt ac endorffins os mai dyna oedd hi ei eisiau. Fyddai neb yn sylwi. Roedd pawb yma ar goll yn eu byd bach eu hunain, yn canolbwyntio ar eu ffordd ymlaen, yn gyrru, gyrru.

Efallai y dylai hi berswadio Jackie druan i ddod yma efo hi ar ôl iddi gryfhau. Mi fasa hanner awr, dri chwarter ar y peiriannau yn lle sefyll tu cefn i gowntar caffi'r lle 'ma'n gwneud byd o les iddi. 'Dydi bod yn ifanc ac yn ysgafn ddim yn garantî o iechyd da, cofia. Yli be ddigwyddodd i dy dad.' Clywai lais ei mam mor glir â phe bai hi'n gwneud cyhoeddiad yn y fan a'r lle dros system sain y *gym*.

Byddai Vera'n falch ohoni. *Workout* am awran cyn mynd i'r gwaith. Cadw'r cyhyrau'n dynn, y wasg yn dwt, a'i chalon yn pwmpio, pwmpio fel hogan ugain oed. Unrhyw beth rhag sefyll yn llonydd a meddwl. 'Yli be ddigwyddodd i dy dad.'

Cau ei llygaid yn dynn; gafael, a'i migyrnau'n wyn, yn handlenni'r peiriant cerdded. Gwthio'i hun ymlaen. Ymlaen, er ei bod hi'n clywed ogla gwynt y gorffennol yn ei ffroenau, yn drewi fel rhywun ar farw.

O leiaf roedd Jackie'n fyw ac yn iach. Nid fel ei thad. Y noson erchyll honno. Y chwerthin gwneud ar y teli a seiran yr ambiwlans. Ei mam wedi mynd allan. A'i thad yn un swp ar lawr y parlwr. Yn llonydd hollol. A sneipan denau o waed yn drip dripian yn ddiog o'i drwyn o. Yn staenio'r ryg roedd ei mam newydd ei brynu. Mor falch ohono. Hithau, ar ôl ffonio 999, wedi rhedeg allan i'r lobi rhag iddi orfod sbio arno fo. Dyna oedd ganddi gywilydd fwyaf ohono. Nad oedd hi wedi aros efo fo. Yn gwmpeini. Tra oeddan nhw'n disgwyl am yr ambiwlans.

'Fasat ti ddim wedi medru gwneud dim i'w helpu fo.' Sawl gwaith glywodd hi hynny gan Vera? *'Aneurysm* 'di byrstio. Anfarth o glot. Doedd gan y cradur bach ddim tshans. Roedd o fel bom yn tician.'

Ond fedrai hi ddim cael 'madael â staen ei chywilydd, er bod y marc ar y ryg wedi cilio dros amser.

Yr hen gywilydd. A dyma fo yn ei ôl eto, fel rhyw stelciwr penderfynol, yn dal i sbecian drwy ei ffenast, anadlu i lawr ei ffôn, bodio drwy ei handbag, yn gwneud iddi deimlo mor fudr. Cywilydd, am mai'r teimlad cyntaf ddaeth iddi wrth weld y gwaed yn llifo rhwng coesau

Jackie oedd un o foddhad. Nad oedd hi, Gwenda, ddim yn rhyw fath o ffrîc, fod hyn yn medru digwydd i ferched eraill hefyd. Rhai trawiadol a del ac ifanc fel Jackie hyd yn oed.

Teimlo'n gythreulig o flin yn syth wedyn o sylweddoli fod Ron yn gwybod fod Jackie'n disgwyl ar hyd yr adeg, ond ei fod o wedi penderfynu cadw'r peth iddo fo'i hun. Fel cymaint o bethau eraill yn ddiweddar. A hynny wedi gwneud iddi droi ar ei sawdl a gadael y ddau i'w crogi. Cau'r drws ar y llanast a ffoi am y stafell wely, a chloi ei hun yno nes roedd bob dim wedi tawelu. Rêl cachwr. Un o'r radd flaenaf. Bitsh galon-galed. Bitsh. Bitsh. BITSH!

Sgwriai ei hun yn y gawod. Crynu wrth deimlo'r dŵr oer yn chwipio'i hysgwyddau. Doedd hi ddim yn haeddu dŵr cynnes. Ddim yn haeddu mwythau. Mwy nag yr oedd hi wedi haeddu'r corff perffaith, na'r plentyn perffaith. Yr hogan fach o ben 'rong' y ddinas fyddai hi byth, yn dweud y geiriau cywir, yn bihafio fel hogan capal, ond yn gwybod yn ei chalon mai slwt dda-i-ddim oedd hi go iawn. Yn ddim byd ond un rheg ffiaidd o dan yr wyneb.

Roedd cuddio'r gyfrinach wedi bod yn dipyn o straen ar adegau. Ond roedd hi wedi dyfeisio gwahanol ffyrdd o gysuro'i hun. O reoli ei hun. Y tu ôl i ddrysau caeëdig, rhai tai bach fel rheol. Ei ffrindiau ysgol yn rhyfeddu ei bod hi'n medru bwyta fel ceffyl heb roi owns ymlaen. Hithau'n gwenu tu mewn wrth sôn am sut roedd hi'n defnyddio lot o egni nerfol, ei fod o'n rhedeg yn y teulu a ballu. Gwenu wrth feddwl amdani'i hun yn cael y llaw ucha ar ambell gr'aduran ddosbarth canol, naïf o Benrhos neu Siliwen oedd â digon o bres yn eu cadw-mi-gei i'w luchio ar fwydydd powdwr parod er mwyn trio cael 'madael â'u blonag. *No contest* genod bach!

Mi flinodd ar y gêm ymhen amser; cael ei dychryn allan ohoni i raddau gan sylw siarp ei mam un noson o haf.

'Argo! Gwenda bach – rho gardigan dros y ffrog 'na wir. Mae dy freichia di'n edrach fel rwbath allan o Belsen. Fydd pobol yn dechra'n aciwsio fi o dy sdarfio di os na watsiwn ni. Fasat ti ddim isio 'ngweld i'n cael fy nhynnu o flaen y Brifathrawas 'cw, na fasat? Ar ôl bob dim arall sydd wedi digwydd.'

Estyn amdani wedyn, a'i llygaid yn llawn. Typical o Vera. Cynnig cysur yn syth ar ôl troi'r sgriw. Cyfuniad chwerwfelys os bu un erioed. Un anodd ei wrthsefyll, fel unrhyw fath o gyffur.

Cariad caled go iawn. Ac wrth ei wraidd y penderfyniad fod ei merch yn 'mynd yn ei blaen', yn codi o'r rhigol yr oedd hi ei hun wedi breuddwydio am droi ei chefn arni ers blynyddoedd. Vera'r rhamantydd! Os nad oedd hi wedi medru canu 'Je ne regrette rien' efo Piaf o waelod dyfnaf ei chalon bob amser, roedd hi am wneud yn dam siŵr y byddai Gwenda'n medru gwneud hynny. A hynny heb edrych dros ei hysgwydd unwaith.

Beth wnâi hi o'r ffaith fod cannwyll ei llygad yn helpu i redeg tafarn erbyn hyn tybed? Dewis anwybyddu'r elfen yna o'i bywyd ar draul 'fy merch, y Llyfrgellydd', mae'n siŵr, yn union fel y gwnaeth hi binsio'i ffroenau a lluchio'r *bleach* i lawr y pan i gael gwared ar oglau sur y chwydu.

Roedd ei phen yn teimlo'n wag ac yn ysgafn braf wrth iddi droi'r car i faes parcio'r llyfrgell. Sgipio i fyny'r grisiau at y drws ochr a phwyso botymau'r côd. Ond dim golwg o neb yn y swyddfa gefn. Lle oedd pawb? Rhywbeth wedi eu dal nhw i gyd yn ôl? Ac eto roedd y golau ymlaen yn y llyfrgell, sŵn sgwrsio isel, camau traed.

Taro cip sydyn ar ei wats. Roedd hi bron yn chwarter awr yn hwyr arni'n cyrraedd! Lle uffar aeth yr amser? Trio meddwl am esgus fyddai'n dal dŵr yn reit handi. Y car yn gwrthod cychwyn. Teiar fflat. *Runs* ben bore. Beth oedd ei stori'r tro diwetha?

'Sori, Liz. Fflydio'r injan eto, gin i ofn. Ma' Ron yn swnian o hyd bod yn rhaid imi gael trefn ar y car 'cw. Ond does 'na'm digon o oria'n y dydd rywsut. Gymaint o betha ar feddwl rhywun . . .' (*Cau dy geg y gloman wirion! Paid â phalu twll dyfnach i chdi dy hun!*)

'Falle y gallech chi ddechre rhoi trefn ar y llyfre ddath i mewn bnawn ddoe'n eitha clou, 'te. Neu fe fyddwn ni'n dechre boddi dan y don yma. Ffoniodd Gwyn i mewn yn dost ar ben bob dim arall.'

Diolch i'r nef nad oedd ganddi lawer o amser i bigo tyllau yn ei stori wneud, a hithau ar y ddesg! Anelodd am y silff 'dychweledigion' a dechrau eu sortio yn nhrefn yr wyddor. Cerdded o silff i silff yn bwrpasol. O leia doedd dim gofyn iddi ddal pen rheswm 'blaen tŷ'. Gallai weld bod mwy nag un o'r 'cymeriadau' rheolaidd yn y gynffon yn disgwyl eu tro. Beryg mai yn syrjyri'r doctor y basa mwy nag un ohonyn nhw fel arall, yn eu plagio nhwtha efo'u mân ymholiadau pathetig.

Wrthi'n gwneud ei ffordd at silffoedd M, N ac O oedd hi pan ddigwyddodd daro'i llygad ar frawddeg ar gefn un o'r nofelau. Rhyw baragraff byr, slic i ddenu rhywun i agor y cloriau a dechrau darllen. 'Take one ruthless businesswoman. Make her biological body clock start to tick uncomfortably loudly. Result? A new agenda, a revolutionary business plan. A thirst for success. But at what cost?'

Er iddi stwffio'r gyfrol i'r gofod prin ar y silff yn

ddigon diamynedd, mynnai'r geiriau 'biological body clock' a 'thirst' ei dilyn wrth iddi gwblhau'r gwaith didoli. Roedden nhw fel rhyw gytgan, rhyw ddarn o felodi ddiflas a fyddai – o'i chlywed ar ddechrau'r dydd – yn glynu wrthoch chi, waeth beth fyddech chi'n ei wneud.

Chafodd hi ddim cynnig mynd am frêc paned am sbel. Liz yn trio gwneud pwynt – digon teg, mae'n debyg – ond erbyn iddi gael ei rhyddhau, dim ond dŵr oedd hi ei eisiau. Ei ddrachtio fel pe bai hi ar dagu mewn anialwch, a'r dafnau sbâr yn glafoerio i lawr ei gên, yn gwlychu ei ffrynt. O leiaf fyddai dim angen iddi gladdu cymaint o galoris amser cinio wedyn. A dweud y gwir roedd hi ffansi gwario ar ddilledyn neu ddau. Mi fyddai hynny bob amser yn codi'r galon. Bachu brechdan o Marks wrth basio wnâi hi, felly, prynu potel arall o ddŵr. Roedd bywyd wedi mynd yn rhy fyr i loetran mewn rhyw gaffis dienaid a'u bwydydd plastig.

'Gwenda? Mae gen i ofn y bydd yn rhaid i chdi anghofio am y Dwsin heno 'ma, cyw. Dwi 'di methu'n lân â chael neb i gymryd lle Jackie.'

Y peth olaf roedd hi am ei glywed! A hithau mewn hwyliau mor dda ar ôl cael gafael ar y top delaf fyw ar rac sêl *petite* Wallis.

'Be ddiawl sy'n bod ar bobol? Mi fasat ti'n meddwl y basan nhw'n ddigon balch o gael ennill ceiniog ecstra. Oes 'na neb yn fodlon torchi'u llewys 'di mynd?'

Trodd ei chefn ar yr hogan y tu ôl i'r cowntar oedd yn rhythu arni fel bwbach am feiddio ateb ei mobeil yn ei siop *hi* o bob man! Teimlo'i gên yn tincian wrth iddi drio rheoli'r waedd fu'n berwi ynddi ers y peth cynta'r bore 'ma.

'Gwenda . . .'

'Ocê, ocê. Mi wnawn ni drwy'n gilydd, fel arfar. Dwi jesd yn ca'l dwrnod pig. Teimlo 'mod i'n gneud dim ond rhedag ar ôl 'y nghynffon rywsut.'

'Dwi'n gwbod. A dydi'r busnas 'ma efo Jackie ddim wedi helpu, nacdi? Nid bod ganddi hi unrhyw help o gwbwl, wrth gwrs. Y graduras.'

Penderfynodd ddirwyn y sgwrs i ben cyn iddi ddechrau halio'i gwallt o'r gwraidd yn y fan a'r lle.

'Gwranda, ma'n rhaid imi fynd yn ôl neu mi fydd Liz yn fy sbeitio i ac yn fy nanfon i dwtio'r Adran Blant eto.'

'Sori, Gwenda.' Swniai'n floesg, flinedig.

'Finna 'fyd. Wela i di nes mlaen.'

Ochneidiodd wrth stwffio'r ffôn i waelod ei bag ac anelu am y drws allan.

'Hei! Dach chi ddim isio'r top 'ma?'

Stopiodd yn stond am eiliad wrth glywed llais yr hogan bwdlyd yn ei chyfarch o gyfeiriad y cownter. Edrych dros ei hysgwydd a'i gweld yn gafael yn llipa yn y dilledyn a darodd hi yno pan ganodd y ffôn. Ystyried am eiliad neu ddwy ac yna harthio, 'Sdwffia dy dop, a dysga wenu wir! A chwilia am fiwsig gwell na'r sgrwtsh uffernol 'na sydd gen ti ar y tâp!'

Er ei gwaethaf, wrth iddi frasgamu allan o'r siop, gallai Gwenda glywed ei sodlau'n tap-tapio i rythm y *musak* merfaidd. A hwnnw'n mynnu ei dilyn wedyn fel plentyn yn swnian wrth iddi frysio hyd lawr di-ildio'r arcêd siopa, hyd nes iddi ddechrau rhedeg allan oddi yno ac i lawr yn ôl i gyfeiriad tawelwch cymharol llyfrgell y ddinas.

'Pe cawn i hon'

Hanner ffordd drwy'r gig yn y Clwb Criced ac roedd y genod yn dechrau ymlacio. Roedd wyneb Eirys yn dweud y cyfan, meddyliodd Gwyndaf. Rhyfedd. Y munud y deuai unrhyw fath o dyndra i darfu arni roedd rhywbeth am siâp ei hwyneb a newidiai'n syth. Rhywbeth bach cynnil oedd o, o gwmpas ei gên a'i llygaid. Newid na fyddai fawr neb arall yn sylwi arno, mae'n siŵr, ond roedd o'n nabod ei hwyneb hi cystal os nad gwell nag un ei hun ar ôl bron i chwarter canrif, ac roedd yn braf gweld fod y tensiwn wedi cilio ohono wrth i'r Dwsin ddechrau canu a chodi 'hediad.

Duw a ŵyr, roedd sawl peth wedi bod yn gyfrifol am daflu cysgod dros ei gwedd yn ystod yr wythnosau diwetha 'ma. Poeni am hynt ei thad yn yr Uned Asesu a'r hyn fyddai'r cam nesaf, ac ar ben popeth arall, pwysau gwaith. Nid bod hwnnw'n cilio fawr ddim i'r un o'r ddau ohonyn nhw ers tro byd.

Cur pen Eirys oedd y sôn eu bod nhw'n mynd i ailwampio system yr ymddiriedolaethau a'r byrddau iechyd lleol eto. Mi fyddai unrhyw ffŵl wedi medru proffwydo mai gofyn am drwbl ariannol oedd creu dros ugain o fyrddau ddeng mlynedd yn ôl. Dim digon o bres. Dim grym. A dyma nhw'n troi'r job lot ben uchaf isaf eto ac yn ailafael yn yr hen drefn wreiddiol. Biwrocratiaeth wedi mynd yn blydi rhemp, yn y sbyty yn union fel yn y coleg. A'r gweithiwrs ar wyneb y graig yn gorfod clirio'r llanast, fel arfer.

Fawr o syndod nad oedd llawer o hwyliau wedi bod arni'n ddiweddar, fawr o gynnig cynnal sgwrs tu hwnt i drafod prydau bwyd, trefniadau cyffredinol o ddydd i ddydd.

'Mae ganddyn nhw sŵn da!'

'Ti rioed yn synnu a chditha'n gwbod be di'u pedigri nhw!'

Doedd o ddim wedi gweld Ron ers rhai wythnosau, a chael a chael fu iddo beidio ag ymateb i'r newid a welai ynddo. Roedd o wedi dechrau magu tagell o dan ei ên, y bloneg yn dechrau hel o gwmpas ei ganol, ei lygaid yn edrych yn glwyfus.

Penderfynodd ddilyn y llwybr hawsaf:

'Dipyn o *busman's holiday* i chdi ddod i le fel hyn!'

Amneidiodd i gyfeiriad y bar, y clincian gwydrau, y gweiddi ordors, y ffrwydradau sydyn o chwerthin uchel.

'Taw â sôn! O leia mae'r lle acw wedi cael côt o baent yn ddiweddar a'r seti'n weddol gyfforddus. Beryg y bydd pobol angan op ar eu tina ar ôl ista am awr neu ddwy ar y rhan fwya o'r rhain!'

'Pobol busnas hirben, yli! Os ydi'r pyntars yn mynd yn rhy gyfforddus eu byd dydyn nhw ddim mor debygol o fod isio stwyrian a chodi at y bar, nacdyn?!'

'Rhad ar y coleg 'na os mai dyna ydi dy syniad di o gynllun busnas call, myn uffar i, Gwyndaf Puw! Hei, wela i chdi!'

'Ti ddim am aros ar gyfar yr ail hannar?'

'Faswn i'n licio'n iawn ond mae hi'n dynn acw am staff. Dim ond newydd ailddechra acw ma' Jackie ers . .

. wsti . . . a faswn i ddim 'di bod isio'i rhwystro hi rhag dŵad yma heno am y byd. Mi neith o les iddi. Ond wrth bod Gwenda a hitha yn y grŵp mae o'n creu problema.'

Edrychodd i gyfeiriad ei wraig gan godi'i law yn sydyn, ymddiheurol arni cyn anelu, a'i wynt yn fyr, am y drws allan. Sylwodd Gwyndaf mai prin ei gydnabod a wnaeth Gwenda. Roedd ei hwyneb yn ddifynegiant a'i llygaid yn bell, ei dwylo wedi'u plethu o gwmpas gwydr llawn G&T, neu fodca efallai. Neu, a bod yn deg efo'r hogan, bosib iawn mai dŵr mwyn, meddal yn unig roedd hi'n ei fagu.

Nid fod Eirys wedi dweud llawer ar ôl y trip i Iwerddon – doedd hi ddim yn un i hel clecs ac i siarad am ffrindiau yn eu cefnau – ond roedd o wedi casglu fod Gwenda ymhell o fod yn hapus ei byd y dyddiau yma. Ac roedd o wedi sylwi'n ddiweddar nad oedd y ddwy ar y ffôn efo'i gilydd hanner mor aml ag y buon nhw. Datblygiad bach arall i boeni Eirys, beryg. O leia roedd hi i weld mewn hwyliau da rŵan, a hithau a Catrin yn amlwg yn mwynhau cwmpeini ei gilydd. Hen dro nad oedd yr hogia'n medru bod yma heno hefyd. Eifion yn enwedig. Mi fasa fo mor falch o'i fam, ac yn ei elfen yng nghanol y canu.

Llyfodd Tom Westley weddillion ewyn peint o Guinness oer oddi ar ei wefus uchaf yn fyfyrgar. Pam roedd y Cymry mor amheus o unrhyw beth neu unrhyw un gwahanol, meddyliodd. Roedd o wedi bod yn y Clwb ers dros awr erbyn hyn a phrin fod neb wedi trio torri gair efo fo. Gallai ddeall – a derbyn – fod rhieni Catrin, ei mam yn enwedig, yn ddrwgdybus ohono ac yntau'n fyfyriwr ac yn Sais ar ben hynny. Doedd hi ddim wedi trio cuddio'r ffaith ei bod yn anniddig ynghylch eu perthynas a hynny ar ganol blwyddyn olaf, allweddol ei hunig ferch yn yr ysgol.

Am y gweddill o'r gynulleidfa, derbyniodd ambell 'A'right mate?' rhyw hanner gwên, cip slei, sydyn arno o gornel llygad cyn iddynt droi'n ôl i roi'r byd yn ei le yn y gybolfa gymhleth a chyflym yna o synau a daranai dros eu gwefusau.

Bron i ddwy flynedd wedi iddo gyrraedd Bangor yn gyw fyfyriwr a mopio'i ben efo môr a mynyddoedd yr ardal, roedd o'n dal i stryglo efo'r Gymraeg. Nid fod ganddo ddim yn ei herbyn hi. Ond roedd trio cael ei dafod a'i donsils o gwmpas ambell gyfuniad o lythrennau bron yn amhosib, a'r awydd i'w fynegi ei hun yn gall ac i fod yn rhan o'r sgwrs yn cael y blaen bob tro ar unrhyw ddyhead oedd ynddo i feistroli'r iaith.

Ambell un mwy croendenau na'i gilydd – fel Eifion y diwrnod o'r blaen – yn cymryd hynny'n sarhad. Y rhan fwyaf yn ddigon cŵl i beidio â chyffroi'n ormodol; ond o dan y cyfan roedd y pellter hyd braich 'ma, rhyw swildod ansicr oedd yn ymylu ar fod yn anfoesgar ar adegau. Ac nid yn unig yng nghymdeithas chwedlonol glòs Dyffryn Ogwen, ond mewn rhannau o ddinas Bangor hefyd yr un fath yn union.

Heno, roedd o'n fwy na hapus i fod ar y cyrion. Golygai hynny y gallai ganolbwyntio'n gyfan gwbl ar wylio Catrin yn mynd drwy ei phethau efo'r Dwsin heb boeni am orfod ymateb i unrhyw fân siarad o'i gwmpas. Gwenodd. Dotiai at y ffaith nad oedd modd iddi guddio'i gwir deimladau, hyd yn oed pan oedd hi'n trio'i gorau glas i roi'r act soffistigedig ymlaen, cadw ei hwyneb mor ddifrifol, ddifynegiant ag un Victoria Beckham. Roedd rhyw ddiniweidrwydd agored yn mynnu ffrydio i'r wyneb bob gafael. Y nodwedd honno, a'r ffaith fod ganddi hen ben ar ei hysgwyddau ifanc, oedd mor ddeniadol amdani.

Myfyrwraig yn y coleg. Roedd o wedi cymryd yn ganiataol mai dyna oedd hi'r noson gyntaf honno yng nghlwb Time, ac er iddo gael dipyn o sioc o sylweddoli ei bod hi'n dal i fod yn yr ysgol, mynnodd y cof amdani aros efo fo dros y dyddiau canlynol. Wnaeth o ddim trio cuddio'r ffaith ei fod yn falch o'i gweld hi'r eildro; pethau'n datblygu'n annisgwyl o gyflym wedyn a chael sioc arall – a phrofiad go emosiynol yn dawel bach – o ddarganfod mai fo oedd 'y cyntaf ' iddi. Ei hysgwyddau ifanc, wedi'u sgeintio'n ysgafn â lliw'r haul, yn sgleinio yng ngolau'r lleuad. Ei llygaid yn ei ddilyn bob cam o'r ffordd. Yntau'n mwynhau'r profiad dieithr o arwain.

Bum mis yn ddiweddarach ac roedd hi'n dal i lwyddo i wneud iddo wenu. Yn enwedig wrth iddi anwylo geiriau'r alawon gwerin, ei hwyneb yn bictiwr o ganolbwyntio a'i gwefusau mor llawn o addewid ag eirin aeddfed. Ambell air yn gyfarwydd iawn iddo. 'Caru', 'Cusan', 'Mwy'. Ac roedd 'na ryw ias fach erotig o'u clywed yn cael eu canu ar goedd, a'i rhieni hi'n eistedd ychydig o fyrddau'n unig i ffwrdd oddi wrtho. Ei llygaid yn chwilio am ei rai o, yn eu dal. A'u gweld nhw'n pefrio mor llawn ymddiried ynddo yn cyffwrdd ei galon. Yn ei ddychryn drwy'i din hefyd, fel y darganfu ar yr union funud honno. Llowciodd lymaid arall o'r Guinness mewn ymdrech i leddfu'r pigiad annisgwyl yn ei frest, a'i gydwybod; tawelu ei emosiynau hefyd. Sylweddolodd fod y rheiny mor gymysglyd ac anwadal â rhai dynes ganol oed mwyaf sydyn.

Roedd hi'n tynnu am stop tap, y Dwsin ar eu hail encôr, ac Eirys wedi rhoi'r gorau i ymddiheuro nad oedd ganddyn nhw fwy o ganeuon yn eu *repertoire*, gan nad oedd neb i weld yn malio. Nid effaith y cwrw yn unig oedd i gyfri chwaith. Roedd y gynulleidfa wir wedi mwynhau, yn clapio'n ddigymell i guriadau'r caneuon, ac ambell un mwy eofn na'i gilydd yn ymuno mewn cytgan neu ddwy o bryd i'w gilydd.

Pe baen nhw yn anterth un o'r caneuon mwy hwyliog mae'n bosib iawn na fyddai fawr neb wedi sylwi, ond roedd rhywun wedi gofyn am gael clywed 'Pe cawn i hon' unwaith eto, a'r Clwb mor dawel â festri capel. Trefniant Eirys o'r gân gyfarwydd, ac ambell gord annisgwyl yn gafael, a'r alaw fel anwes addfwyn: 'Mae rhywbeth yn ei gwisg a'i gwedd, ac yn ei hagwedd hygar . . .'

Ac yna taran wrth i rywun hyrddio'n ddiseremoni yn erbyn drws gwydr y fynedfa. Pawb bron yn troi, fel cymeriadau mewn drama gartŵn, wedi eu hysgwyd o'u breuddwyd swynol. Y canu'n cloffi ac yna'n peidio'n gyfan gwbl. Rhywun yn sibrwd 'Alun!' a'i enw'n troi'n su isel o fwrdd i fwrdd.

Jackie'n syllu i'w gyfeiriad, ei hwyneb fel delw, ac yna Dêf y barman, ac un neu ddau o selogion mwy cyhyrog y Clwb, yn mynd i'r afael ag o, yn cydio ynddo o dan ei freichiau ac yn ei sodro ar ben un o'r stolion wrth y bar. Listio yn y fan honno fel pe bai ar fwrdd llong a'r tonnau'n taro'n ymchwydd gwyllt.

'Bitsh! Pam na fasat ti wedi deud wrtha i? Y? Ddim yn siŵr pwy yn union oedd wedi rhoi'r bynsan yn dy bopty di? Ia . . . ? Dyna oedd dy broblam di? Dyna pam wnest ti 'nghicio i allan? Bitsh! "Pe cawn i hon", myn diawl! Faswn i ddim isio dod yn ôl atat ti tasat ti'n crefu arna i ar dy linia, yli.'

Ar hynny penderfynodd Gwyndaf na allai ddal dim rhagor. Ar wahân i warchod Jackie teimlai ddyletswydd hefyd i amddiffyn Eirys. Pa hawl oedd gan y cwd yma i suro noson mor hwyliog efo'i sbeit gwenwynig? Waeth beth oedd wedi digwydd rhwng Jackie ac yntau, nid dyma'r ffordd na'r lle. Martsiodd i gyfeiriad Alun heb wybod yn union beth oedd yn bwriadu ei wneud. Dim ond fod yn rhaid iddo symud, trio'i dawelu o, rhoi taw ar y beil oedd wedi casglu'n boer gwyn yng nghonglau ei geg drewllyd.

Y ddau'n syllu ar ei gilydd am eiliad hir cyn i'r 'bownsars' answyddogol halio Alun oddi yno, ond nid cyn i hwnnw fynnu cael y gair olaf drwy weiddi dros ei ysgwydd ar Gwyndaf: 'Y pansan dwylo meddal! Er bo chdi'n ddyn coleg does gen ti ddim blydi syniad sut i landio pynsh!'

Draw yn y Lechan teimlai Ron mor flinedig nes y byddai wedi bod yn fwy na hapus i bwyso'i ben ar y bar a chysgu yno am oriau, er gwaethaf oglau'r cwrw yn ei ffroenau. Edrychodd ar ei wats. Mae'n rhaid bod y Dwsin wedi cael hwyl arni yn y Clwb. Roedd hi wedi hanner nos a dim golwg o Gwenda byth. Dim ond gobeithio ei bod hi a Jackie wedi cael hwb i'r galon fyddai'n para. Gwyddai ei fod yn hen ddiawl hunanol, ond byddai gweld y ddwy mewn gwell hwyliau ac yn cyd-dynnu'n fwy siriol yn gwneud ei fywyd cymhleth o gymaint â hynny'n haws. Cymaint â hynny'n haws . . .

Sŵn ei chwyrnu ei hun a'r goriad yn troi yn y drws cefn wnaeth ei ddeffro ymhen rhyw hanner awr. Estynnodd ei wddw a rhwbio'i war yn sydyn er mwyn trio cael 'madael â'r cric oedd yn bygwth ei gloi cyn mynd ati i ddiffodd y goleuadau a chwilio am Gwenda i'w chroesawu adref.

'Y gwydr glas': Eirys

Syllai Eirys ar siâp gosgeiddig y poteli dŵr Tŷ Nant a safai'n glwstwr ar ganol bwrdd hirgrwn pren golau'r stafell bwyllgor. Tri o'r gloch, a phedair eitem yn weddill ar yr agenda. Am ffordd o dreulio pnawn Gwener! Ond wrth gwrs doedd dim clinigau, ac oherwydd hynny roedd penaethiaid adrannau'n fwy rhydd i ddod i ddraethu o gwmpas bwrdd mewn stafell glòs ar ddiwedd wythnos. Bron nad oedd o'n rhyw fath o therapi i ambell un, meddyliodd. O leiaf roedden nhw'n medru bwrw eu bol heb boeni sut oedden nhw'n gwneud hynny, na pha mor glir neu goeth oedd eu cyflwyniad! Ddydd Llun byddai'n rhaid iddi drio rhoi trefn gryno a dealladwy ar y cwbl ar gyfer y cofnodion. Ond ei phroblem bennaf ar hyn o bryd oedd ei bod yn cwffio i gadw ei llygaid ar agor, a'i hysgrifen yn mynd yn fwy ac yn fwy aneglur fesul munud.

Estynnodd am un o'r poteli glas llai. Dadsgriwio'r cap a thollti'r dŵr, oedd yn glaear erbyn hyn, i'w thymblar. Stwyriodd ambell un arall yn ei sgil, dilyn ei hesiampl, bron fel pe bai ganddyn nhw gywilydd o'u gwendid. A'r deinameg yn newid fymryn: 'Right! Let's move on to the next item on the agenda, then. Staff changes in Urology.'

Pesychodd Eirys yn sidêt er mwyn cuddio'i chwerthin digymell. Cadwodd ei phen i lawr er mwyn osgoi llygaid pennaeth yr adran arbennig honno, oedd yn digwydd bod yn eistedd yn union gyferbyn â hi. Typical! Canolbwyntio ar ei phad ysgrifennu fel pe bai gwirioneddau dyfnaf y cread i'w cael yno. O leiaf roedd hi un cam bach arall yn nes at ryddid.

Nid fod ganddi unrhyw gynlluniau pendant ar gyfer y penwythnos. Byddai'n rhaid iddi bicio draw i Drearddur ryw ben wrth gwrs. Roedd ei mam angen pob cefnogaeth ar hyn o bryd. Wedi dweud hynny roedd 'na ryw ryddhad od o gael gwybod y gwaethaf, bod ei thad yn wir wedi cychwyn ar y siwrnai raddol i bwll angof dementia.

O wynebu'r bwgan, edrychai fymryn yn llai bygythiol rywsut. O leiaf roedd help wrth law. Roedd 'na ward gofal dementia i lawr y ffordd yn sbyty Caergybi lle gallai ei mam daro heibio am gefnogaeth a lle gallai ei thad, ymhen amser, fynd am ofal seibiant pan fyddai angen. Yn y cyfamser, 'un dydd ar y tro' oedd piau hi.

Roedd ambell ddiwrnod fel gwrando ar record wedi sticio, yn ôl ei mam. Dro arall, gallai gael sgwrs hollol arferol efo fo heb ddim ond ambell saib anghyfforddus wrth iddo drio chwilio am air. Y dyddiau anoddaf, meddai, oedd y rhai hynny pan oedd ei thad yn amlwg yn sylweddoli fod ei go'n dirywio, a'r olwg yn ei lygaid fel eiddo plentyn ar goll, a rhyw ofn cyntefig yn eu llenwi.

Bryd hynny y cwbl y gallai hi ei wneud oedd ei adael, a'i law'n rhwbio, rhwbio ei dalcen, yn syllu'n ymbilgar drwy'r ffenest fwa ar y tonnau'n taro'r creigiau, yn union fel pe bai'r ateb i'r pos dyrys oedd yn ei flino i'w gael yno. Yno, rywle yn y tir symudol rhyfedd hwnnw rhwng y gronynnau mân a'r heli.

Efallai mai fo oedd yn iawn, meddyliodd Eirys. Efallai'n wir mai dyna lle roedd yr atebion i'r pethau dyrys i gyd yn llechu. Yn sicr doedd hi ddim wedi llwyddo i ddod o hyd iddyn nhw mewn unrhyw fan arall hyd yma.

Syllodd ar bennaeth yr Adran Ddeintyddiaeth am funud. Roedd 'na rywbeth am ei osgo oedd yn ei hatgoffa o Clem. Rhyw ddeng mlynedd yn hŷn, wrth gwrs, ond yr un agwedd *'can do'*, yr un math o chwerthiniad llond bol. Bosib fod 'na debygrwydd o gwmpas y geg hefyd. Nes iddo ddechrau sbowtio am bydredd a fflŵoreid yn iaith fain ardal Amwythig a chwalu'r rhith.

Roedd hi wedi hen dderbyn hefyd mai dyna oedd ei 'ffling', neu beth bynnag arall ddigwyddodd, yng Nghaerdydd. Munud o wallgofrwydd gan ddynes ganol oed yn ymlid breuddwyd. Rhyw ran fach o'i gorffennol, rhyw awydd fu'n cosi'r dychymyg ar hyd y blynyddoedd, yn mynnu cael ei fodloni.

'Hoffai *madame* wydred bach arall o *champagne*? Neu blatied o frechdane ffansi gan *room service* falle?'

Roedd Clem wedi gwneud ei orau i gadw pethau'n ysgafn, er ei fod yntau'r un mor nerfus a chwithig â hithau erbyn cyrraedd y gwesty. Sylwi ar hynny'n ei chysuro mewn ffordd od, sylweddoli nad dilyn rhyw fympwy'n ddifeddwl yr oedd o wedi'i wneud, nad oedd hyn yn rhywbeth gor-gyfarwydd o gwbl iddo.

'Dere.' Swatio yn ei gôl, a'r golau'n isel. Synau'r ddinas yn rŵn pell y tu hwnt i'r llenni trwchus a'r ffenest ddwbl. Eu gwefusau'n cyffwrdd yn dyner, dyner, yn chwilio, yn blasu, yn oedi o bryd i'w gilydd, fel pe baen nhw'n atgoffa'u hunain o hen lwybrau cynefin. Ac yna estyn am ei gilydd a dadblicio'r gorffennol fesul tamaid, heb ruthro, nes bod ei gwynt hi wedi'i gipio'n gyfan gwbl bron a'i chalon yn canu.

Rhyfeddu, wedyn, wrth droi ato'n ddioglyd a hithau'n dal yn rhyw hanner hepian, fod gorwedd wrth ei ochr ar ôl yr holl flynyddoedd yn teimlo'n beth mor naturiol. A'r manylion bach fu dan glo yn ei meddwl, fel cofnodion mewn hen ddyddiadur, mor ddigyfnewid. Ei gyffyrddiad od o addfwyn. Gwres ei wefusau wrth iddo'i chusanu ar ei gwegil. Y ffordd roedd ei wyneb, a'i holl gorff wir, yn meddalu wrth garu. Y grwndi bach 'na yng nghefn ei wddw fel roedd o ar fin dŵad. Ei henw'n un sibrwd cryglyd, cynnes yng nghwpan ei chlust.

'Any other business . . .?'

Alaw ei ffôn bach yn derbyn tecst wnaeth ei deffro hi. Roedd yr awydd i fynd i bi-pi wedi dechrau treiddio drwy'i breuddwyd cyn hynny, beth bynnag, a hithau'n prysur golli'r frwydr. Cariodd ei bag llaw efo hi i'r *ensuite* rhag iddi styrbio Clem. Tyrchu'n ffrwcslyd yn ei grombil wrth iddi eistedd ar y tŷ bach. Dim byd ond hysbyseb gan y cwmni ffôn, rhyw gynnig arbennig i'r rheiny oedd yn hwylio mynd dros y môr ar eu gwyliau haf eleni. Ac un 'missed call'. Rhif mobeil Bryn. Mae'n rhaid ei bod hi wedi cysgu drwyddo.

Teimlo'n rêl cachwr wrth bwyso'r botwm diffodd er mwyn gwarchod yr oriau oedd ganddi'n weddill.

Rhythu arni ei hun wedyn yn y gwydr hirsgwar wrth iddi olchi ei dwylo yn y sinc. Roedd golau'r llefydd 'ma mor ddidostur! Yno'n ei hwynebu roedd dynes ganol oed yn edrych yn fregus, noeth. Ei bronnau hirgrwn yn llacach nag oedden nhw, olion cario dau blentyn yn ei chroth yn greithiau bach ariannaidd hyd waelod ei stumog, ei gwallt yn bigau blêr i gyd ar ei chorun. Ei llygaid yn loyw a gwrid siâp V yn dal yn baent ar groen tyner ei brest.

'Any suggestions for the date of our next meeting?'

Er mor falch oedd hi o weld cefn y pwyllgor, a'r awyr iach tu allan yn denu, oedodd Eirys wrth ddesg ei swyddfa am ychydig. Edrych ar y llun teulu a dynnwyd ar y gwyliau ym Mallorca flynyddoedd yn ôl, cyffwrdd yr wynebau annwyl, cyfarwydd yn ysgafn â'i bawd. Teimlo'r dagrau'n pigo'i llygaid. Yn union fel y gwnaethant drannoeth y noson yn yr Hilton.

Doedden nhw ddim wedi caru wedyn. Nid yn llawn. Fel pe bai'r ddau ohonyn nhw ofn i hynny chwalu breuddwyd frau y noson cynt. Swatio gyda'i gilydd o dan y dwfe helaeth a hel atgofion, yn enwedig am rai o berfformiadau'r grŵp ac ambell noson hollol loerig yn rhai o dafarnau Bangor a'r cylch. A Clem yn dechrau canu'n dawel am yn ail â'i mwytho efo'i law.

'Os daw fy nghariad i . . . yma . . . heno, i guro'r gwydr glas . . . Rhowch ateb gweddus . . . Sai'n lico merched rhy weddus, chwaith! Be ti'n weud, Eirys Watcyn . . .?' Ei gyffyrddiad yn dwysáu, yn dyfnhau, a'i hanadlu'n cyflymu. Ac yna'r dagrau'n bygwth. 'Nad ydyw'r ferch ddim gartre . . . Llanc ifanc o'r plwy arall sydd wedi . . . mynd . . . â hi.'

Rhuthro i gael cawod a hel ei mân bethau wedyn o sylweddoli fod yn rhaid iddi fynd i nôl ei dillad a'i thaclau o'r Big Sleep cyn dal y trên un ar ddeg. Teimlo fel pe bai ei hemosiynau'n cael eu tynnu a'u gwasgu fel dilledyn bregus yn hen ringar bren ei nain ers talwm.

Roedd Clem yn od o dawedog hefyd wrth iddyn nhw gychwyn yn gyndyn am yn ôl. Ei fraich yn ei thynnu tuag ato am un cwtsh bach olaf cyn ei throi hi i ben arall y ddinas. Ar droed, nid mewn tacsi. Ei ddewis o. 'Fe wnaiff wâc fach les i ni.' Ond fasa waeth iddyn nhw fod wedi mynd ar bedair olwyn ddim, meddyliodd Eirys, o ran yr ychydig eiriau y gwnaethon nhw eu rhannu. Ffarwelio un stryd i ffwrdd o'r gwesty. Ei phenderfyniad hi. 'Mi fydd yn haws.' Cadarnhau rhifau eu ffonau bach, addo cysylltu. A'r ddau'n gwybod yn eu calonnau nad oedden nhw fawr elwach.

Roedd bywydau'r ddau wedi mynd i gyfeiriadau mor wahanol i'w gilydd ers dyddiau coleg, a'r dylanwadau ar y bywydau hynny wedi gadael eu hôl mor bendant â llif afon drwy ddyffryn. Ac er iddyn nhw gredu y gallen nhw anwybyddu hynny am ychydig oriau, a'r blynyddoedd wedi rholio'n ôl fel carped hud, roedd profiadau oes yn mynnu ei wthio i lawr yn ei ôl nes ei fod yn ffitio'n daclus unwaith eto yn y conglau arferol. A dim ond y mymryn lleiaf o rych ar ôl ar ei wyneb.

Roedd maes parcio'r sbyty'n od o wag erbyn iddi gyrraedd, a'r rhuthr mwyaf wedi hen chwythu ei blwc. Taniodd injan y car, diffodd ei ffôn bach a'i throi hi'n syth am adref. Fedrai hi ddim wynebu'r strach o wneud pryd o fwyd heno, ac roedd gwybod fod bwrdd ar gael i ddau am wyth yn yr Harbwr wedi llacio'i hysgwyddau'n barod. Teimlai ei llygaid yn drwm. Agor y ffenest ar ochr y gyrrwr a rhoi'r peiriant CD ymlaen. Hud y 'Dressing Gown Goddess' yn lapio amdani. Y llais a'r rhythmau dioglyd yn ychwanegu at y 'teimlad nos Wener', chwedl yr hogia ers talwm, a'i meddwl hi'n dychwelyd at Clem. Dim ond am un funud fach arall. Dim ond fel rhyw ffantasi diogel o bell erbyn hyn.

Yn driw i'w haddewidion roedden nhw wedi cyfnewid sawl neges destun ar y dechrau, wrth gwrs, ond yn niffyg sôn am wneud unrhyw drefniadau penodol, buan

yr aeth y cyboli â geiriau i deimlo'n rhywbeth slei a di-
chwaeth, rywsut, yn rhywbeth rhad. A'i heuogrwydd yn
bwn.

Tyfodd y bwlch rhwng negeseuon y naill a'r llall, a
doedd hi ddim wedi clywed smic ganddo ers wythnosau
bellach. Doedd hithau ddim wedi trio cysylltu efo yntau.
Nac yn bwriadu gwneud, chwaith.

Wrth i'r gweinydd gario jwg o ddŵr i'w bwrdd
ymhellach ymlaen y noson honno yn yr Harbwr,
gwenodd Eirys yn sydyn o gofio am ffiasgo'r poteli glas yn
nhrymder pnawn. 'Mae'n rhyfadd meddwl bod pobol yn
fodlon talu drwy'u trwyna am ddŵr potal o bell y dyddia
yma, tydi? Gwenwyn oeddan nhw'n ei gadw yn y poteli
glas mewn siopa *chemist* sdalwm, 'sti.'

'Dwn i'm! A maen nhw'n deud y medri di ddal pob
math o heintia mewn dŵr potal 'di mynd erbyn hyn
hefyd,' meddai Gwyndaf. 'S'nam byd fel dŵr plaen yn
syth o'r ffynnon ar garrag dy ddrws di'n diwadd, nac oes?'

Dim ond am eiliad yr oedodd Eirys cyn ymateb,
'Nac oes, wir!' cyn estyn am y jwg, tywallt ei gynnwys
gydag arddeliad a tharo'i gwydr yn erbyn un ei gŵr: 'I'r
penwsnos!'

'Ar doriad dydd': Jackie

'Mwynha dy ddwrnod, pwt.'

Cydiodd Jackie yn rheiliau iard chwarae'r ysgol am funud, gan wenu'n gam o weld ei merch yn rasio mynd i gyfeiriad ei 'ffrind gorau' newydd, Sasha, heb edrych dros ei hysgwydd unwaith. I bob golwg doedd holl helynt y ddau fis diwetha ddim wedi gadael gormod o'i ôl arni.

Rhyw hel mwy o fwythau na'r arfer ar y dechrau, o bosib, yn enwedig dros yr wythnos ar ôl iddi ddod adref o'r sbyty, ond fel arall doedd dim craith amlwg i'w weld, diolch byth.

I'w mam a Vic yr oedd lot o'r diolch am hynny, wrth gwrs. Gan fod y tywydd yn anarferol o gynnes ar y pryd, roedden nhw wedi bachu ar bob cyfle posib i fynd â hi am dripiau i draethau a chaffis lleol, ei dandwn heb ei sbwylio'n wirion. Tipyn o grefft, ac un a edmygai Jackie fwyfwy wrth i'r blynyddoedd fynd heibio.

'Ti'n iawn?' Cwestiwn brysiog wrth basio gan un o'r mamau oedd yn hebrwng ei hepil i'r ysgol â'i gwynt yn ei dwrn. 'Paid â llusgo'r bag 'na ar hyd llawr, Ashley!'

Pe bai gan y fam honno bum munud i'w sbario i wrando ar ei hateb, beth fyddai tybed? Y gwir amdani oedd ei bod hi'n teimlo'n syndod o 'iawn' er gwaetha'r si-so o emosiynau y bu hi'n cael ei sgrytian arno mor ddidrugaredd. Mwya'r cywilydd iddi, roedd hi wrth ei bodd yn teimlo'i jîns yn dynn fel manag am ei gwasg unwaith eto. Yn falch fod ganddi gymaint mwy o egni, mwy o sbonc yn ei cherddediad.

Ambell waith, yn yr oriau mân, mi fyddai'n poeni fod 'na rywbeth sylfaenol yn bod arni, nad oedd hi wedi colli fawr ddim dagrau ar ôl i'r bywyd lifo allan ohoni mor ddramatig. Nad oedd hi'n gweld fawr o eisiau'r boi y bu hi'n byw efo fo am dros chwe blynedd. Mai rhyddhad iddi oedd gwybod ei fod o wedi penderfynu symud at hen fêt i ochrau Newcastle i ennill ei damaid, nad oedd raid iddi boeni am daro i mewn iddo ar y stryd. Ai rhyw hen jadan ddideimlad oedd hi, rhyw ffrîc efo talp bach o rew yn nwfn ei chalon?

Tynnodd ei chôt yn dynnach amdani a dechrau ei throi hi am y Ganolfan Hamdden. Roedd 'pyrfformans' Alun yn y Clwb Criced noson y gig wedi'i hysgwyd er hynny. Gallai ddal i deimlo'i bochau'n poethi wrth feddwl amdano fo. Er ei fod o'n chwil geiban a'i bod yn gwybod nad yr Alun 'go iawn' oedd yn chwythu bygythion, roedd ei eiriau wedi'i brifo i'r byw ar y pryd. Dim ond diolch fod ei mam a Vic yn gwarchod Ceri iddi'r noson honno. Er bod y ddau'n greaduriaid reit ddigynnwrf at ei gilydd, cael eu temtio i'w ddarn ladd o fyddai eu hanes pe baen nhw wedi bod yno i glywed ei ensyniadau annifyr.

Eirys oedd yr un wnaeth ei chadw hi rhag diflannu i'w gwely a chuddio o dan y dwfe am ddyddiau bwygilydd wedyn. Roedd 'na rywbeth mor ddoeth ac ymarferol amdani. Hi oedd yr unig un o'r criw alwodd heibio'r ward *gynae* tra oedd hi yno. Picio draw o'i swyddfa yn ei hamser cinio, chwarae teg iddi. Hi hefyd oedd y gyntaf i ddod ati wedi'r danchwa yn y Clwb a'i siarsio'n glên i beidio â gadael i wenwyn Alun suro'r pethau gorau oedd ganddi yn ei bywyd. Ei darbwyllo nad oedd rheswm yn y byd pam na allai hi gerdded â'i phen yn uchel.

Wedi'i frifo oedd Alun hefyd, wrth gwrs, ac mi fyddai hynny'n friw ar gydwybod Jackie am yn hir iawn eto. Ond am ryw reswm roedd wedi'i chael hi'n amhosib dweud wrtho ei bod hi'n disgwyl. A'r ffaith honno'n dweud cyfrolau fel y sylweddolodd wedyn. Ei bod hi wedi landio'i hun mewn rhyw rigol fach gyfforddus, wedi dysgu bodloni ar fywyd gwastad, bodoli mewn cyfaddawd. Ond roedd 'na glamp o fyd mawr lliwgar, llawn posibiliadau difyr allan yn y fan'na, ac mi roedd hi'n hen bryd iddi ddechrau mynd i'r afael ag o. Gerfydd ei war, chwedl ei mam. Dagrau pethau oedd ei bod hi wedi cymryd y fath lanast i'w hysgwyd o'i thrwmgwsg!

Wedi cyrraedd y Ganolfan aeth ati i ddechrau rhoi trefn ar y gegin gryno y tu cefn i gowntar gweini'r caffi. Dyma'r adeg orau o'r dydd ganddi. Un o'r ychydig gyfnodau yn y diwrnod pan y gallai fwynhau'r moeth o adael i'w meddwl grwydro lle y mynnai, a'r ffaith ei bod hi'n medru rhoi trefn ar bethau mor ddinod â sicrhau bod y cyllyll a'r ffyrc yn lân, bod y cwpanau a'r mygiau yn eu llefydd priodol a'r pacedi siwgr a'r halen yn feddal, yn gysur tawel.

Newydd gael llymaid o baned goffi gynta'r dydd oedd hi, ar ôl troi'r peiriannau i gyd ymlaen, pan sylwodd ar Gwenda'n martsio i mewn efo'i chitbag a golwg bell ond penderfynol ar ei hwyneb.

'Argian, dach chi'n dechra'n fuan heddiw, Gwenda!' Ceisiodd gadw tôn ei llais mor fwriadol ysgafn ag y medrai.

Trodd Gwenda ei phen fel pe bai hi wedi cael swadan.

'Naci wir, Jackie! 'Di cysgu'n hwyr a meddwl y basa'n gynt i mi ddod yma yn lle stachu i lawr i'r *gym* ym Mangor cyn mynd i'r gwaith. Dwi'n perthyn i'r ddau le rŵan a waeth imi gael gwerth fy mhres ddim, na waeth? Nid bod raid imi gyfiawnhau fy hun i neb chwaith,' ychwanegodd wedyn efo rhyw chwerthiniad bach brau.

'Yn enwedig i chdi' oedd yr awgrym cryf. A throdd Jackie'n ôl i'r gegin gan smalio fod rhywbeth yno angen ei sylw ar frys. O gil ei llygad gallai weld Gwenda'n gwibio mynd i gyfeiriad y stafelloedd newid, gan adael i ddrysau dwbl y fynedfa glepian fel taran ar ei hôl.

Y peth olaf oedd hi am ei wneud oedd tynnu Gwenda yn ei phen. Roedd hi angen pob ceiniog y medrai ei hennill ar hyn o bryd, ac roedd meddwl am sut roedd hi'n mynd i dalu'r rhent ar ei phen ei hun yn rhywbeth yr oedd hi'n mynd i orfod ei wynebu'n hwyr neu'n hwyrach. Addawodd ei mam ei helpu am dri mis, diolch byth, ond roedd yr wythnosau'n prysur wibio heibio. Cael un joban gall oedd yn talu'n ddigon da i'w chynnal hi a Ceri a'r tŷ. Dyna oedd yr ateb, wrth gwrs. Mor syml â hynny. Mor annhebygol â gweld *genie*'n neidio allan o big y tebot 'ma roedd hi bron â'i sgleinio'n dwll efo'r lliain o dan ei llaw!

Cyfarchodd gwsmer cynta'r bore. Y darlithydd bach cysáct 'na o'r Brifysgol na fedrai hi fyth ei berswadio i gymryd dim byd mwy na the gwyrdd, di-lefrith, di-siwgr ar ôl iddo nofio'i hanner can hyd, cyn ffoi i'w hafan ar Ffordd y Coleg.

Roedd hi'n hanner awr dda arall cyn i Gwenda ailymddangos. Fel roedd hi'n digwydd roedd 'na griw o famau'r *baby gym* newydd gyrraedd erbyn hynny, a'r cyntedd o flaen y caffi'n llawn o bramiau a sŵn sgwrsio hwyliog. Ond sylwodd Jackie arni'n syth er hynny, fel y bydd rhywun yn sylwi ar nodyn fymryn allan o diwn mewn perfformiad o fiwsig cyfarwydd. Rhywbeth am ei gwedd a'i hosgo'n annaturiol o siarp a chras rywsut. Bosib mai oherwydd lliw artiffisial amlwg ei gwallt, oedd yn dal yn damp a heb ei steilio, yr oedd hynny wrth gwrs. Ac eto roedd 'na rywbeth am y modd y taflodd Gwenda gip sydyn ar y pramiau ac ar Jackie yn ei thro, wrth iddi gythru allan at ei char, a greodd ryw gryndod aflonydd ym mhwll ei stumog. Hen annifyrrwch a barodd am rai munudau wedyn.

O'i gweld wrth ei gwaith yn y Lechan y noson honno, a phob blewyn trwsiadus yn ôl yn ei le, fasach chi ddim callach. Yn enwedig a chithau'n magu peint ac ymylon mwyaf hegar yr hen fyd 'ma'n dechrau colli eu min. Ond gwyddai Jackie'n wahanol. A hithau yn y canol rhwng Gwenda a Ron, teimlai fel pe bai hi'n camu'n ofalus o gwmpas godre llosgfynydd a allai chwythu ei blwc unrhyw funud. A phan darodd Eirys heibio yn nes ymlaen yn y noson yn wên i gyd am fod y Dwsin wedi cael cynnig i gymryd rhan mewn cyngerdd er budd estyniad i'r ysgol feithrin leol, gallai fod wedi'i chofleidio.

'Dwi'n gwbod nad ydan ni wedi arfar efo gig mor ffurfiol â hyn, ac mai dim ond cwta fis sydd 'na i fynd, ond mi fydd o'n brofiad grêt i ni. A phwy dach chi'n meddwl sydd ar dop y bil – y Melodïau! Wn i ddim am Anwen Morgan, ond mae 'na ryw gnawas fach ddrwg yna i sy'n edrach mlaen at weld y sbarcs yn fflio ar y llwyfan 'na!' meddai gan chwerthin.

Nes i Gwenda roi'r dampar ar ei hwyl ddiniwed. 'Ti'm yn meddwl ei bod hi'n hen bryd i chdi dyfu i fyny, Eirys?' meddai, gan wenu. Ond i glustiau Jackie, roedd rhyw hen goegni y tu hwnt i jôc ysgafn yn y drafft oer yn ei llais, a thalp bach o rew i'w weld yn llechu yn nwfn ei llygaid difynegiant.

'Merch ifanc o'n ben bore': Catrin

'Shit!'

Er nad oedd hi eto'n saith o'r gloch ar fore Sul, gallai Catrin weld ei mam yn eistedd wrth fwrdd y gegin yn magu paned. Doedd y golau ddim ymlaen ac roedd ei meddwl i weld yn bell, ond dim ond mater o eiliadau fyddai cyn iddi godi ei phen a gweld ei merch yn sleifio heibio talcen y tŷ ar ôl treulio noson arall eto ym Mangor.

Gan fod yn rhaid i Greg, un o fêts Tom, fod yng Nghapel Curig erbyn hanner awr wedi saith i gyfarfod rhyw griw mynydda, roedd hi wedi gweld cyfle i gael lifft handi efo fo, gan obeithio landio adref heb orfod styrbio neb. Ond a hithau'n sefyll ar y pafin wrth ymyl y lôn bost gan wylio'i gar yn diflannu mor gyflym â'i rhyddid i gyfeiriad y pentref, suddodd ei chalon.

Doedd dim i'w ennill o lercian yng nghysgod y gwrych ffawydd â'i chynffon rhwng ei choesau, ac felly dyma benderfynu trio ymddwyn yn hollol naturiol, fel pe bai hi'n hwylio adref ar ddiwedd diwrnod ysgol, yn ddiofal i gyd ac yn edrych ymlaen at *chill out* bach o flaen y teli cyn mynd ati i wneud ei gwaith cartref. Rhywbeth a deimlai fel oes ddiniwed iawn yn ôl erbyn hyn.

Fyddai ei pherfformiad hi ddim wedi ennill Oscar o bell ffordd, a doedd ei mam ddim y gynulleidfa fwyaf gwerthfawrogol.

'Catrin, o'n i'n meddwl ein bod ni wedi cytuno . . .'

'Mam, dwi'n ddeunaw ers mis Mai, mae gen i berffaith hawl i neud be dwi isio. Taswn i'n mynd i'r coleg ymhen tair wythnos mi faswn i a Tom yn medru treulio noson a bora cyfa efo'n gilydd a fasach chi ddim callach. A dydw i ddim yn cymryd risgs. Dwi'n gwbod be 'di'r sgôr.'

'Nid dyna ydi bob dim, naci?'

'Ond mae o'n rhywbeth go bwysig, dydi? 'Mod i'n gyfrifol.'

'Dibynnu sut wyt ti'n diffinio "cyfrifol", am wn i.'

Camodd Catrin i gyfeiriad y sinc a llenwi gwydr peint efo dŵr. Am ryw reswm daeth llun o Jackie'n cael ei chario allan o'r Lechan, ei choesau'n waed i gyd, yn fyw o flaen ei llygaid. Blydi hel! Roedd hi bron â marw eisiau rhoi ei phen i lawr a chau'r cyrtans, ond roedd hi'n benderfynol o gwffio'i chongol.

'Dydw i ddim yn mynd i'r coleg leni. 'Dan ni wedi trafod hynny nes 'mod i'n gwbod y sgript ar fy ngho'.'

'Ond dwi'n 'i weld o'n gymaint o wast a chditha wedi cael y gradda a bob dim.'

'Dydy rheiny ddim yn mynd i ddiflannu, nac ydyn? Mi fyddan nhw dal gen i'r flwyddyn nesa. Mae'n lle fi'n saff. Ac mi wneith blwyddyn allan fyd o les i mi. Rhoi cyfla imi ennill chydig o bres, magu profiad byw. Well na chael fy nghau mewn rhyw gocŵn cyfforddus. Dwi 'di cael digon o gael fy nghau i mewn . . .'

'Taswn i'n meddwl dy fod ti o ddifri am ehangu dy orwelion faswn i ddim yn poeni. Ond ofn ydw i y byddi di'n wastio'r flwyddyn yn stwna o gwmpas y lle, hongian ar fraich yr hogyn 'na . . .'

'Mae gan "yr hogyn 'na" enw 'chi, Mam . . .'

'Mi fasa'n well gen i tasat ti'n mynd i deithio am chydig. Gweld dipyn ar y byd. Os am brofiad byw.'

'Yn union, Mam. Dydw i ddim isio drifftio mlaen, yn syth o ysgol i goleg, i swydd saff naw tan bump.'

'Does 'na ddim sicrwydd o hynny o gwbwl chwaith y dyddia yma; cofia di hynny, madam.'

'Ond dyna dwi'n drio'i ddeud tasach chi mond yn gwrando! Dwi 'di cael llond bol ar "saff" i bara oes. Chwara'n saff ydach chitha wedi'i wneud erioed, 'de? Dim fel Anti Eirys! Dydi hi ddim ofn gwthio'r cwch i'r dŵr, a ma' hi'n gwbod yn iawn sut i weithio'n galad a chwara'n galad hefyd. Tasa 'na ddyn diarth yn dod i sgwrsio efo chi mewn parti mi fasach chi'n mynd i'ch gilydd i gyd! Hen bryd i chi lacio'ch staes a joio fel gnath hi yn Werddon! Ma' bywyd yn rhy fyr i beidio â mentro, troi cefn ar gyfla . . .'

Sylwodd ar ei mam yn gwingo fel tasa hi wedi cael swadan go hegar. A'i llygaid clwyfus yn llawn cwestiynau.

Shit, shit, SHIT! Mi fyddai hi'n gymaint gwell tasan nhw'n cael y sgwrs yma ymhen rhyw dair neu bedair awr ar ôl iddi ddal i fyny efo'i chwsg, ei meddwl hi'n gliriach a'i mam yn llai paranoid. A be goblyn ddaeth dros ei phen hi i lusgo Anti Eirys i mewn i betha ar ben bob dim arall . . .?

Yr hen air 'madam' 'na. Dim ond un gair bach piwis. Ond hwnnw'n ei dro yn rhoi pwniad i'r un nesaf a'r un nesaf eto, nes creu chwalfa fel rhes o ddominos yn syrthio'n stribyn du, blêr ar wyneb bwrdd, a dim gobaith caneri fyth o fedru rhoi'r cwbwl yn ôl yn union fel yr oedden nhw.

'Dwi'n mynd i 'ngwely!'

Cerddodd i fyny'r grisiau â chamau trwm, heb drio

arbed ei thad rhag y twrw. Roedd y tawelwch o'r gegin yn fyddarol.

Toc ar ôl i'w rhieni adael am y gwaith bore drannoeth, gallai Catrin deimlo'r tŷ yn anadlu fymryn yn rhwyddach a rhyw bwysau'n llacio yn ei brest hithau yn ei dro. Fe fu'n Sul hir. A hynny er nad oedd hi wedi mentro allan o'i gwely tan ddechrau'r pnawn.

Ei rhieni wedi hen fwyta'u cinio erbyn hynny a'u pennau yn eu papurau; ei thad yn amlwg yn cwffio cwsg, ei mam yn ei chragen a'r olwg wag 'na yn ei llygaid pan oedd hi wedi cael y myll yn ddigon i wneud i Catrin gadw ei phen i lawr a wardio yn y gegin. Hel rhyw lun o snac iddi ei hun, tynnu llestri o gypyrddau, taro drws ambell gwpwrdd yn galetach nag y dylai wrth ei gau.

Uchafbwynt ei diwrnod fu cerdded draw i Londis. Nid ei bod hi angen unrhyw beth o'r lle, ond roedd hi'n gwybod y byddai wedi mygu pe bai hi wedi aros yn y tŷ am weddill y dydd. Roedd y siop, fel y pentref, yn farw hoel, ond roedd y newid aer wedi helpu, ac erbyn iddi gyrraedd yn ôl roedd ei thad yn barod â'i gymod ar ffurf glasiad o win coch. Dim golwg o'i mam. Roedd hi wedi ffoi i'w stydi lle roedd hi'n prysur baratoi ei gwersi ar gyfer yr wythnos ganlynol.

'Poeni amdanat ti mae hi, 'sti,' cynigiodd ei thad, a'r ddau'n sipian eu Merlot wrth fwrdd derw hirsgwar y gegin bob yn ail â helpu eu hunain i greision o'r bowlen wydr o'u blaen. Gwres isel y Rayburn yn gysur cyson tu cefn iddyn nhw.

'Fedrwch chi ddim ei chael hi i roi'r gora iddi? Mi fydd hi wedi 'ngneud i'n honco bost os bydd hi'n dal ati fel hyn am flwyddyn arall!'

'Dydi o ddim yn rhywbeth y medri di ei switsio mlaen ac i ffwrdd fel y mynni di, cyw. Mi ddoi di i ddallt pan gei di dy blant dy hun.'

'Mi wna i'n siŵr nad ydw i'n eu lapio nhw mewn gormod o wadin eniwê. Mi fydda i'n meddwl weithia y basa Mam yn hapusach taswn i'n nytar crefyddol ac yn sôn am gloi fy hun mewn confent! Tasach chi wedi cael mwy nag un plentyn . . .'

'Doedd o ddim o ddiffyg trio, Catrin.'

Syllodd hithau i fyw porffor ei gwydr gwin. Roedd meddwl am ei rhieni'n caru, yn estyn am ei gilydd yn flysiog, nwydus yn rhywbeth mor wrthun rywsut. Ond roedd ei thad yn mynnu dal ati fel tasa fo'n agor ei galon ar sioe Jeremy Kyle, hithau'n dal i rythu ar y gwin, yn dilyn hynt yr haen ysgafn o saim oedd yn nofio arno.

'Mi roeddan ni wedi rhoi'r gora i feddwl am gael plant yn gyfan gwbl ar ôl i dy fam ddiodda'r trydydd *miscarriage*. Wedi mynd cyn belled â sôn am fabwysiadu hyd yn oed. Ac wedyn mi ffeindiodd ei bod hi'n disgwl eto, a diolch i'r nefoedd, mi wnaeth hi fedru dy gario di i'r pen. Mae'n rhaid dy fod titha'n o gry hefyd. Ella na ddylan ni ddim synnu dy fod ti'n graduras mor styfnig ar adega!'

Roedd ei lygaid yn llawn pan gododd hi ei golygon wedyn, rhyw hanner gwên grynedig yn hofran ar ei wefusau. Fedrai hithau ddweud dim chwaith, dim ond estyn ei llaw am ei un o ac ymddiheuro'n ddieiriau, ei hemosiynau'n un gybolfa, fel llond iard o blant anystywallt yn rhedeg reiat.

Ddeuddeg awr yn ddiweddarach ac roedd hi'n dal i deimlo fel tasa hi'n hel rhywbeth. Rhyw gryndod yn ei bol, rhyw awydd lapio'i breichiau amdani fel cawell. Bron fel tasa hi'n dioddef o hangofyr, neu bod ei misglwyf ar fin torri.

Nid dyma oedd y drefn i fod! Plant oedd i fod i roi syrpreisys i'w rhieni, nid fel arall rownd. Meddyliodd am Eifs druan ar draeth Llanddwyn ganol yr haf. Ochneidio'n uchel wedyn wrth iddi gofio'r sgwrs stiwpid yna efo'i mam bore ddoe! Roedd meddwl amdani'n holi Anti Eirys am Iwerddon, waeth pa mor ofalus, a'r hanner awgrym fod Catrin wedi snitsio ar ei modryb, yn ddigon â gwneud iddi fod eisiau claddu ei hun yn y pwll dyfnaf y medrai gael gafael ynddo.

Neidiodd allan o'r gwely a chamu i'r gawod yn y gobaith y byddai'r picelli dŵr yn cosbi ei chorff ddigon nes ei bod hi'n medru anghofio am ei blyndar, am ryw hyd beth bynnag.

Ond hyd yn oed ar ôl y ddefod gysurlon o molchi, smwddio gwallt, plycio ambell flewyn strae o'i haeliau a rhoi llyfiad o fêc-yp ymlaen, roedd hi'n dal i gorddi ac yn rhyw browla'n aflonydd o gwmpas y stafelloedd gwag. Tsecio'i mobeil. Digon o negeseuon gan hwn a'r llall. Dim un gan Tom.

Edrychodd ar ei wats. Dim ond chwarter awr tan y bws nesaf i Fangor. Waeth iddi fod yn troedio'r pafinau yn fanno ddim. Ac o fod yn y dref, efallai y gallai hi berswadio Mr Westley i'w chyfarfod am ginio yn y Gath Dew. Gwyddai fod ganddo waith cwblhau traethodau erbyn dechrau tymor, ond doedd o ddim yn gaeth i amserlen darlithoedd ar hyn o bryd. Roedd hi'n ddiwrnod heulog – dechrau rhyw 'ha' bach' ella – a phwy a ŵyr na allai ei berswadio i fynd am sbin bach yn y fan wedyn? Traeth Lligwy neu Draeth Coch, peint bach hamddenol ar lan y dŵr . . .

Casglodd ei phethau at ei gilydd ar wib cyn ei throi hi am y bws, a'r diwrnod yn edrych dipyn mwy addawol mwyaf sydyn.

Sefyll rhwng dau feddwl dan gysgod cloc y dref yr oedd hi ryw awr yn ddiweddarach, yn trio dod i'r penderfyniad hollbwysig rhwng brechdan a photel o ddŵr o Boots neu Marks. Doedd Tom byth wedi ateb ei thecst, pan welodd hi wên gyfarwydd yn dod i'w chyfarfod.

'Haia Llio! Jesd yr un! Mi ga i safio penderfynu rŵan. Ti awydd cinio?'

'Wsti be, dwi ar frys braidd. Trio sortio bob dim cyn ei chychwyn hi am Gaerdydd, hel dillad, *straighteners* newydd, teciall, llestri . . . ac ar ben bob dim mae Mam 'di mynnu 'mod i'n mynd am *check-up* efo'r dentist. Digwydd bod, mae ganddo fo slot mewn rhyw awr. Mae hi'n streshio cymaint, mi fasat ti'n meddwl 'mod i ar fin diflannu i dwll du ym mhen draw'r byd!'

'Panad, 'ta?'

'Âi, go on. Awn ni am y Blue Sky? Maen nhw'n reit handi am syrfio fanno, dydyn?'

Gwrandawodd ar Llio'n rhestru'r holl bethau oedd ganddi ar y gweill rhwng hyn a'i throi hi am y Brifddinas, manylion y neuadd breswyl gymysg. 'Mae pawb yn deud fod y stafelloedd fatha tun sardîns yno, 'sti! Ond mae o'n dŵad â pawb at 'i gilydd 'fyd – sgin ti fawr o ddewis ond closio!' Teimlai Catrin fel pe bai'n gwylio un o'r shots 'clyfar' 'na oeddan nhw'n eu defnyddio weithiau ar raglenni dogfen ffansi neu ar eitemau newyddion. Rheiny lle mae'r gohebydd neu'r cyflwynydd yn sefyll yn llonydd yn erbyn wal adeilad mewn stryd brysur, a'r bobol sy'n cerdded heibio yn gwibio mynd fel pethau gwyllt, y ffilm wedi'i chyflymu'n fwriadol er mwyn creu awyrgylch o frys, o gynnydd. Bron na allai weld ei hwyneb ei hun ar ysgwyddau'r cyflwynydd disymud.

'Pryd ti'n meddwl dŵad i lawr, 'ta?'

'Be? O! Dim syniad. Dwi ddim wedi edrach mlaen cyn bellad â hynny eto. Dipyn o broblam *cash flow* ar y funud. Pryd ti'n meddwl?'

'Pen ryw bythefnos ar ôl dechra tymor ella? Mi fydda i'n gwbod fy ffordd o gwmpas yn o lew erbyn hynny, am wn i. Gwbod yn union lle mae'r llefydd gora am beint, am hogia del a ballu . . . Hei, sori Cat, dwi'n mynd i orfod ei gleuo hi neu mi fydda i'n hwyr am fy nêt efo Mr Charisma a'i ddril! *See ya!*'

Wrth gerdded i gyfeiriad y siop ddillad *vintage* allai hi ddim peidio â sylwi mor ddi-raen yr edrychai'r stryd. Yn y pen yma roedd sawl siop wedi hen gau, y paent ar y drysau a'r ffenestri'n plicio, twmpath o bost wedi'i stwffio drwy'r tyllau llythyrau a'r rheiny'n edrych yn ddiymgeledd ar y lloriau gwag. Oglau tships a hen saim, staen hen chwydfa nos Sadwrn feddw, a rhyw olwg ail-law ar bob dim, hyd yn oed ar y busnesau hynny nad oedden nhw'n rhai elusen. Ac yn eu canol y Ganolfan Waith a'i ffenestri pictiwr llydan, yn trio'i gorau i fod yn ddeniadol. Fel gwraig ganol oed heb fawr o bres yn ei chyfri, yn fflantian mewn dillad rhad o New Look a lipstig Avon.

Mae'n siŵr y dyliwn i shifftio a throi i mewn yno i weld beth sydd ar gael 'fyd, meddyliodd, gan glustnodi fory (eto fyth) ar gyfer gwneud hynny. Fe fyddai arni angen pres yn ei phoced, a mwy, os oedd hi am gael rhyw gymaint o siawns i fod yn fwy annibynnol.

A hithau'n twrio'n ddiamcan rhwng y rheiliau, teimlai

ei ffôn yn crynu yng ngwaelod ei phoced. Ei chwipio allan. Neges:

Sorry little K-Kat, gotta keep my head down.
No beach or pub for me today. C u.

Troi ar ei sawdl, a'i thraed mor swnllyd â tharanau wrth iddi redeg i lawr y grisiau pren ac yn ôl i'r stryd. Bu'n cerdded am bum munud cyn iddi sylweddoli fod y tywydd wedi troi a bod y glaw mân yn bygwth treiddio trwy'i dillad haf, gan ei hoeri at yr asgwrn.

'Ddaw hi ddim': Gwenda

'Allech chi ddod i'r swyddfa cyn i chi fynd, Gwenda, plîs?'

Gwyddai ar ei gwynt hi nad rhyw sgwrs arferol ddiwedd dydd ynghylch shifftiau'r staff llenwi-i-mewn oedd ar feddwl Liz Rosser. Damia! A hithau wedi meddwl cael rhyw bum munud bach i roi ei thraed i fyny cyn dechrau ar ei stêm gyda'r nos y tu cefn i'r bar. Gobeithio'r nefoedd nad rhyw ad-drefnu oedd ar y gweill eto, neu'n waeth byth rhyw ymgyrch geiniog a dima i drio cael mwy o bobol i ymaelodi.

'Wnewch chi gau'r drws?'

Sylwodd fod y dirprwy'n eistedd yr ochr bellaf i ddesg Liz, a chadair ychwanegol wedi cael ei gosod yno ar ei gyfer nes bod y ddau'n eistedd gyferbyn â hi fel dau sardîn, glun wrth glun chwithig.

'Argian! Mae'n rhaid bod 'na rwbath pwysig ar droed.' Clywai ei hun yn rhyw fudchwerthin yn wirion, fel hogan ysgol benchwiban.

(*Doeddan nhw erioed yn meddwl am bromoshiyn! Rŵan, o bob adag! Fedrai hi ddim cymryd mwy ar ei phlât . . .*)

'Y rheswm 'mod i wedi gofyn i Robert fynychu'r cyfarfod hwn yw fy mod i wedi bod yn pryderu am eich ymddygiad a safon eich gwaith chi ers sbel nawr. Ac 'wy wedi derbyn cwynion . . .'

'Am be? Gan bwy, 'lly?'

'Alla i ddim datgelu hynny mae gen i ofn, Gwenda.'

(Yr hen jadan 'na gychwynnodd yma ryw ddeufis yn ôl, beryg. Llythrenna ar ôl ei henw, meddwl ei bod hi'n gwbod y cwbwl . . .)

'Y ddau brif reswm yw diffyg prydlondeb a'r ffaith fod ambell un wedi clywed arogl alcohol ar eich ana'l – fwy nag unweth.'

'Ond . . .'

'Mae gen i ofn nad oes 'da fi ddim opsiwn ond eich rhybuddio chi ar lafar a hefyd yn ysgrifenedig.' Ac estynnodd lythyr mewn amlen hirsgwar wen iddi, bron fel pe bai'n cyflwyno gwobr. (*'A'r enillydd yw. . .'*)

'Hwn yw'r rhybudd cyntaf, ac wedi i chi ddarllen cynnwys y llythyr fe fyddwn ni'n trefnu cyfarfod gyda chi i drafod y mater yn fanylach. Fydd dim camau disgyblu'n cael eu cymryd yn y cyfamser. Odi popeth yn eglur?'

Rhythai Gwenda ar y ddau ohonyn nhw'n ddiddeall. Roedd y cwbwl mor glir â mwd. Mor amlwg â brân yn nhwllwch nos. Du bitsh.

Cododd heb yngan gair, ei throi hi am y drws wysg ei hochr, cyn hanner rhedeg drwy brif stafell y llyfrgell ac allan i'r stryd. Dim ond ymhen rhyw bum munud o grwydro diamcan y sylweddolodd hi ei bod hi wedi gadael ei chôt a'i bag ar ôl. A fedrai hi yn ei byw gofio lle roedd hi wedi parcio'r car.

I gyfeiriad y pier yr aeth hi wedi iddi gael rhyw gymaint o drefn ar ei phethau a'i meddyliau. Parcio rhyw bedwar drws i ffwrdd o'r Tap and Spile, er mai'r Garth fyddai enw'r lle iddi hi a Ron hyd byth. Eu 'local' nhw yn ystod eu dyddiau caru. Dyddiau a ymddangosai'n od o ddiniwed erbyn hyn, o daro cipolwg yn ôl arnyn nhw o ganol llanast heddiw.

Dyddiau ei blwyddyn gyntaf hi o ryddid ar ôl gadael yr ysgol hanner ffordd drwy gwrs y Chweched, ac yntau wrthi'n breuddwydio ar yr un pryd am sefydlu ei fusnes ei hun ar ôl cyfnod reit hir o weithio fel saer i gwmni lleol. Er bod chwe blynedd o wahaniaeth rhyngddyn nhw, doedd y bwlch ddim yn ddigon mawr i fod yn rhwystr o fath yn y byd.

A dweud y gwir roedd hi'n syndod cymaint oedd ganddyn nhw'n gyffredin. Y ddau yn unig blant a'r ddau wedi colli eu tadau'n ifanc. Y naill yn gorffen brawddegau'r llall weithiau, yn cydymdeimlo'n reddfol efo'i gilydd, wrth iddyn nhw drafod bywyd efo mam weddw; a rhyw ryddhad braf mewn rhannu pytiau cynnil o brofiadau na fyddai'r rhan fwyaf o'u cyfoedion yn medru gwneud pen na chynffon ohonyn nhw.

Y ddau'n mwynhau llond bol o chwerthin iach ar adegau hefyd, fel pan aethon nhw i'r Marine Lake yn Rhyl un pnawn Sadwrn o haf, yn teimlo'n rhydd i fod yn ddiofal heb deimlo'n euog, heb orfod edrych dros eu hysgwydd yn barhaus am famau llawn dyheadau. Rhai'n erfyn am gymaint mwy nag oedd yn bosib ei roi.

Y noson honno, wrth yrru adref yn y fan flêr a etifeddodd Ron gan ei dad, teimlai Gwenda fel pe bai hi'n hedfan ar hyd y ffordd mewn MG. Roedd Ron wedi dweud ei fod o'n ei charu hi! Newydd roi cusan iddi oedd o, ac yn smalio ei fod o'n gwirioni'n bot ar flas y candi fflos oedd yn dal i lynu wrth ei gwefusau. Ei wyneb yn troi'n anarferol o ddifrifol wedyn nes iddi deimlo'r cnotyn ym mhwll ei stumog yn dechrau tynhau. Ac yna'r geiriau hudol na chlywodd hi ers blynyddoedd: 'Caru chdi, 'sti, Gwenda. Meddwl y byd ohonat ti.'

Hithau'n ymateb drwy estyn ei breichiau am ei wddw a chydio ynddo'n dynn rhag i'r hud lithro drwy ei bysedd a diflannu o'i gafael.

Gwenodd rŵan wrth gofio'i hun yn taflu cipolwg bach slei o gil ei llygad ar Ron wrth iddo ganolbwyntio ar y lôn o'i flaen. Cofio'r hanner gwên swil yn hofran o gwmpas ei wefusau, y dwylo gweithiwr, y llygaid ffeind. Gwyddai i sicrwydd yn yr eiliad eglur honno y byddai'r ddau ohonyn nhw'n priodi ryw ddiwrnod. Doedd hi ddim yn gwybod sut, pam na lle, ond mi gariodd yr wybodaeth gyfrin honno'r holl ffordd adref efo hi fel pe bai hi'n gwarchod darn o lestr drudfawr yn ei chôl.

'Have you decided yet, luv, or are you going to stare at them bottles all night?'

Er bod y tafarnwr yn blaen ei dafod doedd ei dôn ddim yn angharedig chwaith.

'Oh! Sorry . . . I'll just have a G&T please, slimline tonic . . .'

'Hard day's work, aye?'

'Something like that . . .'

Pwysodd yn erbyn y bar i sadio'i hun. Roedd hi'n dal i drio dygymod efo'r hyn roedd Liz Rosser wedi'i ddweud wrthi gynnau ac yn methu'n rhacs. Yn methu gwybod hefyd sut roedd hi am wynebu mynd adref heno ac actio'n normal, heb sôn am halio'i hun allan o'i gwely bore fory i fynd i'r llyfrgell.

'Get that down you and things won't look quite so bad!'

Mae'n rhaid ei fod o'n meddwl ei bod hi'n fwy hurt

nag yr oedd hi'n edrych hyd yn oed! Wnâi poteleidiau
o'r hylif clir, siarp fawr ddim i lyfnhau onglau miniog ei
byw heno. Roedd hi wedi gorfod creu rhyw stori wneud
braidd yn bathetig am y car yn nogio – eto fyth – ar gyfer
Ron, i esbonio pam y byddai'n hwyr. Dim ond diolch fod
Jackie'n dod i mewn heno. Siawns na fyddai'n prysuro yn
y Lechan tan ar ôl hynny beth bynnag.

Roedd y Garth fel y bedd ar hyn o bryd. Dim ond y hi
a rhyw ddau lymeitiwr unig arall yn chwilio am gysur a
nerth mewn gwydraid, yn syllu i'w waelod fel tasai'r Ateb
Terfynol yn llechu yno. Crynodd wrth deimlo'r jin yn
brathu ei thafod, yn cosi ei llwnc.

Gwydraid dwbl yn ddiweddarach a doedd hi fawr nes
i'r lan, hithau'n trio magu digon o nerth a phlwc i ffonio
am dacsi adref, pan welodd hi o. Ei thad! Yn eistedd wrth
un o'r byrddau hirsgwar tywyll, yn magu peint o meild
yn ei ddwylo mawr cyfarwydd. Ond doedd o ddim i weld
ar frys gwyllt o gwbl i'w yfed. Edrychai'n hollol hapus i
eistedd yno'n lladd amser am rai oriau eto, ei lygaid yn
edrych y tu hwnt iddi fel tasa fo wedi ymgolli mewn rhyw
raglen deledu neu'i gilydd. Yn estyn am ei glust dde fel pe
bai'n mynd i'w gosi, diferion coch yn dechrau ymlwybro'n
ddiog i lawr ei wyneb . . .

'Need any help, luv?'

Bu bron iddi neidio allan o'i chroen wrth glywed llais
y tafarnwr.

'Wha' . . .?'

'You look a bit peaky, luv. Thought you were going to
pass out on us . . .'

'Phone . . . a taxi . . .'

'Yeh, sure, no problem.'

A thaniodd ei fobeil ar unwaith tra oedd yn dal i rythu

arni fel pe bai ganddi gyrn. Y llwdwn gwirion! Ffansïo'i hun fel rhyw fymryn o Samariad Trugarog, yn achub merchaid canol oed rhagddyn nhw eu hunain!

'Dwi'n ddigon tebol, dydw Dad?' holodd, gan droi i gyfeiriad y bwrdd lle'r eisteddai ei thad funud neu ddau ynghynt yn nyrsio'i ddiod.

Ond mae'n rhaid ei fod o wedi llowcio'i beint ar ei dalcen achos rhyw foi gwahanol hollol oedd yno rŵan, yn rhythu arni'n wirion fel tasa ganddi hi ddau ben. Be uffar oedd yn bod ar ddynion Bangor heno?

'Gwenda?'

Argo hedd! Oedd yr un clefyd wedi cydio ym mhobol y Dyffryn hefyd? Roedd llygaid Jackie fel soseri tywyll, trist yn ei phen, er iddi ei chlywed hi a Ron yn chwerthin yn harti eiliad neu ddwy ynghynt wrth iddi ymlwybro at ddrws y Lechan. Mi oedd hon yn medru bod yn hen beth ddauwynebog hefyd. Chwerthin yn ei chefn hi un funud, smalio'i bod hi'n teimlo'i phoen hi i'r byw y funud nesa. Fel tasa ganddi fonopoli ar ddiodda am ei bod hi 'di colli babi. Fel tasa 'na'r un ddynas arall wedi colli babi erioed o'r blaen. Bitsh!

'Sgiwsia fi, Jackie. Sgin i ddim amsar nag awydd i ryw fân siarad. Am fynd yn syth i'r ciando. Wedi cael dwrnod uffernol, yli. A faswn i'm isio tarfu ar y sgwrs ddifyr oeddat ti'n 'i chael efo Ron gynna. Dwi'n siŵr eu bod nhw'n medru clŵad eich chwerthin chi yn Rachub.'

'Gwenda . . .'

Roedd Ron wedi cythru o'r ochr arall i'r bar, yn trio estyn ei fraich am ei hysgwydd, ei thwsu hi i'r cefn mor handi ag y medrai, ei hel hi o'r golwg fel tasa hi'n ogla drwg.

'Ga' lonydd imi.'

Gwthio'i law oddi ar ei chorff fel tasa hi'n sgubo pry llwyd i ffwrdd.

'Gwenda. Fasa'm well iti weld doctor, dŵa? Mi fasa cael papur gynno fo'n dy ollwng di o'r llyfrgell am ryw bythefnos yn gneud byd o les iti. Ti 'di bod yn gneud ar y mwya'r dyddia diwetha 'ma.'

Roedden nhw wedi cyrraedd y landin erbyn hynny a hithau jesd isio syrthio ar y gwely a chladdu ei hun o dan y dwfe. Ond roedd Ron yn dal i swnian. A fedrai hi ddim diodda edrach ar ei lygaid clwyfus o un eiliad yn hwy.

'Jesd cau hi, wnei di Ron . . .?'

Clepian drws eu stafell wely nhw yn ei wyneb syn cyn hyrddio'i hun wysg ei chefn yn erbyn y coedyn golau, a'r dagrau'n llifo wrth iddi sleidio i lawr y drws a landio ar ei thin fel doli glwt wedi colli ei stwffin.

Pan fentrodd Ron i fyny ymhen rhyw ddwyawr wedyn, roedd Gwenda'n gorwedd yn ei dillad ar dop y gwely, yn rhochian yn ysgafn ac yn magu clustog yn ei breichiau, yn union fel pe bai honno'n fabi bregus. Agorodd gil y ffenest yn ofalus er mwyn trio cael gwared ar oglau cryf y gwirod a dreiddiai drwy'r stafell fel haint.

'Paid â deud'

Roedd Eirys yn difaru'i henaid ei bod hi wedi cymryd hanner diwrnod i ffwrdd o'i gwaith. Paratoi ei hun ar gyfer y cyngerdd oedd y bwriad gwreiddiol. Rhoi cyfle iddi hi ei hun sadio am ychydig cyn mentro arwain y Dwsin ar lwyfan eu gig ffurfiol cyntaf yn lleol.

Waeth iddi fod wedi claddu ei phen dan bapurach ei desg lwythog yn y sbyty ddim! Er iddi drio cau'r drws ar y byd, gwneud pryd bach blasus i ginio, mwynhau'r profiad prin o wylio ychydig o deledu pnawn – cicio yn erbyn y tresi go iawn! Fe'i câi ei hun yn prowla o gwmpas y tŷ fel teigar mewn caets.

Digon hawdd y gallai hi sôn, fis diogel yn ôl, am 'sbarcs yn fflio' a ballu, ond y gwir amdani oedd ei bod hi mor nerfus erbyn hyn â phe bai'n paratoi i gerdded ymlaen ar y llwyfan ar ei phen ei hun bach. Yn llawn mor nerfus dros y genod ag yr oedd hi drosti ei hun hefyd, er y gwyddai fod ganddyn nhw fwy na digon o ddoniau ac adnoddau lleisiol. Yr hyn oedd yn ei gwylltio'n fwy na dim, am ei fod o mor afresymol mewn gwirionedd, oedd ei bod hi'n poeni – ar ben bob dim arall – am ddod wyneb yn wyneb ag Anwen gefn llwyfan cyn i'r cyngerdd dddechrau.

Nid ei bod hi'n teimlo'n euog am dorri'n rhydd o'r Melodïau. Wnaeth hi ddim meddwl ddwywaith am hynny ar ôl cymryd y cam, ac roedd y modd yr oedd y genod wedi gafael ynddi a'r hwyl roedden nhw'n ei chael yng nghwmni ei gilydd wedi cadarnhau mai dyna oedd y penderfyniad cywir. Y ffaith nad oedd hi wedi cael cyfle i gael sgwrs gall efo Anwen ers hynny oedd y broblem. Cael cip arni o bell yn Iwerddon, dyna i gyd, holi ei hynt a'i helynt efo dwy o'r aelodau ddaeth i'r gig yn y Clwb Criced. Ac yna mi oedd yr erthygl 'na wedi ymddangos yn y papur lleol yr wythnos diwetha.

Rhyw adlais bach o'r sgwrs efo Eirys a ymddangosodd yn yr un golofn yn gynharach yn y flwyddyn oedd o; cyfweliad digon diniwed, di-fflach, ac eto . . . Roedd 'na ryw gic fach slei'n swatio yng nghynffon ambell sylw gan Anwen, fel y darllenai hi bethau. Y cyfeiriadau at 'established' ac 'experienced' a 'diverse repertoire', fel pe baen nhw'n ei herio, nodau du a gwyn y teip yn wincian yn sbeitlyd arni oddi ar y dudalen.

'Gerralife!' fel y byddai Bryn yn ei ddweud. Ysgytwodd ei phen yn ddiamynedd fel pe bai hi'n trio cael gwared â llun anghynnes o'i meddwl. Estyn am y ffôn, dechrau pwyso botymau rhif ffôn bach Gwenda, tynnu'n ôl ar y munud olaf. Sôn am dindroi! Ac eto gwyddai mai peidio â'i styrbio oedd y peth gorau, heddiw o bob diwrnod.

Roedden nhw wedi cael sgwrs ychydig ddyddiau'n ôl wedi'r cwbl, ac er bod papur doctor, dipyn o lonydd a chymorth cyffur – roedd hi'n amau – yn cael rhyw gymaint o effaith i bob golwg, eto i gyd medrai Eirys weld a theimlo bod ei ffrind yn dal mor frau â phlisgyn o dan yr wyneb.

'Dwi'm yn meddwl y baswn i fawr o iws i ti!' oedd ei hymateb pan holodd Eirys a oedd hi flys mentro bod yn rhan o *début* y Dwsin ar lwyfan y Neuadd. 'Oni bai bo' chdi isio rhyw sguthan sgrechlyd i roi sbocsan yn y felodi', meddai wedyn rhwng difri a chwarae. Gwyddai Eirys mai awgrymu'n gryf bod angen newid trywydd y sgwrs oedd hi, ac i lawr y stryd â nhw am Fitzpatricks lle treulion nhw ryw hanner awr fach ddigon difyr dros ddau baned o *latte*, er mai dim ond ambell fflach wibiog o'r 'hen' Gwenda a biciai i'r golwg wrth iddyn nhw sgwrsio hefyd. Y ddwy'n ofalus i osgoi unrhyw dyllau annisgwyl ar wyneb y ffordd ac yn cadw at yr ymylon diogel.

Ochneidiodd. Pam goblyn na fyddai hi'n fodlon chwarae'n fwy saff, bodloni ar fywyd mwy diddigwydd, hwylio'n gyfforddus i mewn i'w chanol oed hwyr yn lle cymryd yn ei phen i gychwyn menter newydd fel y Dwsin efo'r holl waith trefnu a'r cyfrifoldeb oedd hynny'n ei olygu? A gorfod wynebu nosweithiau fel heno. *Am dy fod ti'n meddwl ei fod o'n beth gwerth chweil i'w wneud, am fod mwy nag un o'r genod wedi dweud cymaint y maen nhw'n mwynhau dod at ei gilydd, am dy fod ti – yn dawel bach – isio rhoi pin bach slei yn swigan yr hen Anwen . . .* meddai'r llais bach penderfynol yn ei phen.

Pan welodd hi Catrin yn ei throi hi i mewn am y cowt ffrynt, roedd hi wedi agor y drws cyn i'w nith syn fedru canu'r gloch hyd yn oed.

'Gweld bod y car yma wnes i . . .'

'Mi fydda i'n falch ofnadwy o dy gwmni di. Dwi jest â mynd yn sowldiwr yma ers meitin. Methu setlo i ddim, rywsut. Hwyr glas gen i gyrraedd y neuadd 'na a chael cychwyn arni. Panad?'

Roedd Catrin ar ei hail fisged siocled ac yn seicio'i hun i fyny i fwrw ei bol, pan ddaeth y cwestiwn roedd hi wedi hanner ei ofni. A'i stumog yn troi'n gnotyn tynnach fyth mwyaf sydyn.

'Ti 'di clŵad rwbath gan Eifion yn ddiweddar 'ma?'

Rydan ni'n tecstio'n reit aml. Mae o'n gwbod y diweddara
am Tom a fi. Dydi o ddim yn sôn rhyw lawar am ei fywyd
'personol' o. A dwi'n cachu brics ei fod o am ddeud rwbath
yn ei gwrw dros y Dolig. Ei fod o wedi'ch gweld chi'r bora
hwnnw yng Nghaerdydd. Dwi 'di medru dal arno fo am y
tro, ond wn i ddim am ba hyd . . .

'Dim yn ddiweddar iawn. Dwi'n meddwl 'i fod o'n reit brysur rhwng y gwaith yn y pyb, amball i gig a ballu.'

Dydi hi ddim yn ei hargyhoeddi ei hun hyd yn oed, ac mae hi'n gwybod fod gan ei Hanti Eirys glust fain. Ond wrth lwc, y pnawn 'ma, mae ei meddwl hithau'n bell ac mae sŵn gwag ei hanner celwydd yn llithro heibio iddi fel rhyw nant fach ddisylw.

'Ia, mae'n siŵr mai prysur ydi o. Bryn 'ma run fath. Hwnnw 'di gorfod mynd am Fanceinion eto ers peth cynta bore 'ma. O leia mae 'na siawns am sgwrs efo fo. Teimlo nad ydw i wedi cael sgwrs gall efo Eifion ers tro rywsut. Swnio'n 'bell' braidd. Rhyw ddi-ddeud. Ella bod gynno fo gariad newydd sy'n ei gadw fo ar flaenau'i draed ac i ffwrdd o'r ffôn . . .' Ac mae hi'n rhoi rhyw hanner gwên flinedig cyn ysgwyd ei hun – yn llythrennol – o drobwll ei meddyliau.

'Ma'n ddrwg gen i pwt. Rhyw deimlo fod petha'n pwyso ar 'y ngwynt i o bob cyfeiriad ar y funud. Rhwng y cyngerdd, Eifion, Dad – dim ond diolch ei fod o wedi bodloni mynd i'r cartra am bythefnos i Mam gael brêc . . . Sud ma' petha efo chdi, beth bynnag? Ti'n edrach yn llwytyn braidd.'

Ac wrth iddi glywed y gofal yn ei llais, mae Catrin yn teimlo'i gwefus isa'n dechrau crynu er ei gwaethaf, a holl gybolfa emosiynau'r dyddiau diwetha yn byrlymu i'r wyneb.

'Fedra i ddim cyfadda wrth Mam, ond dwi'n meddwl 'mod i wedi gneud blydi stomp o betha...' Fedar hi ddim peidio â sylwi ar yr eiliad honno fod Eirys yn taflu cip sydyn ar ei stumog, yn syllu'n agored wedyn ar wasg ei jîns.

'Dwi'n rîli licio'r mwclis 'na sgin ti, Mam! Ga i fenthyg nhw rywbryd?'

Maen nhw ar fin cyrraedd y neuadd, ac mae llygaid Ceri'n llawn dyheu wrth iddi weld y gemau lliwgar cyfoes yn wincian yng ngolau'r stryd.

'Mi fydd yn rhaid iti ddisgwl nes byddi di dipyn hŷn, meiledi! Presant sbesial i dy fam ydi rheina gan dy Nain i gofio noson sbesial, yli. Dim bob dydd mae hi'n canu mewn consart, naci?'

Mae Nan-nan Cath yn lapio'i braich rydd am ysgwydd Ceri, yn gwenu ar Vic ac yn closio ato wrth nesu at y brif fynedfa. Wrth edrych ar Jackie mae ei llygaid yn pefrio'r un mor gynnes â'r mwclis newydd sydd o gwmpas gwddw ei merch.

Mor braf ydi ei gweld hi'n codi allan eto, yn edrych cymaint mwy fel yr 'hen' Jackie, yn dal ei phen yn uchel a'i gwallt yn sgleinio. Arwydd da bob amser, fel y gŵyr o hir brofiad. A'r ffaith ei bod hi'n cael hwyl ar y cwrs IT yn y 'Tec' lleol un noson yr wythnos yn gwneud iddi deimlo fod drysau newydd yn dechrau agor a bod 'na siawns am job â thipyn o afael ynddi.

Ond yr hyn sydd wedi ei phlesio'n fwy na dim ydi bod Jackie wedi dechrau sgetsio eto. Ac er nad ydi hi wedi sôn dim wrth ei mam, mi sylwodd pan oedd hi'n gwarchod un noson fod amlen efo stamp y Brifysgol Agored arni ar ben y papurau newydd a'r cylchgronau yn y stafell fyw. Mae ganddi gymaint o dalant! A honno wedi cael ei hesgeuluso ers blynyddoedd. Tasai hi, Cath, ond wedi trio gwneud mwy i'w chadw hi rhag dilyn y llwybr wnaeth hi'n syth o'r ysgol . . . Ond doedd hithau yng nghanol ei helynt ar y pryd? Doug wedi cerdded allan o Austin Taylor a'r tŷ a'i throi hi'n ôl am Lancashire, hithau wrthi fflat-owt yn y salon a dim digon o oriau yn y dydd i wneud y pethau sylfaenol yn iawn heb sôn am roi'r sylw digonol i Jackie.

Ochneidia'n ysgafn. 'Paid â phoeni, dol,' meddai Vic. 'Mi fydd hi'n iawn, gei di weld. Mi gymrith hi dipyn mwy na sefyll ar ben sdêj neuadd i godi braw ar dy hogan gytsi di.'

Ac mae'n plannu sws ysgafn, gysurlon ar ei thalcen cyn iddi gyflwyno tocynnau'r tri ohonyn nhw wrth y drws.

'Watsia dy gefn!'

Mae ceg Iola mor agos at ei chlust hi, mae Eirys yn medru teimlo'i hanadl llaith. Yno'n dod i'w chyfarfod yn y coridor cul y tu cefn i'r llwyfan mae Anwen, yn gôr-feistres o'i chorun-syth-o'r-salon i'w sawdl uchel patent. Teimla'i hun yn crino yn ei throwsus a'i thop o Marks, er eu bod nhw'n rhai Autograph.

'Barod amdani?'

'Ydw, am wn i. Mae'r genod 'di gweithio'n ddigon calad.'

'Mi fydd yn brofiad da iddyn nhw.'

Fel cymryd dos o asiffeta neu dreulio awr yn gwrando ar bregeth sych ydi'r awgrym.

'Mae'n rhaid i bawb gychwyn yn rwla, does?' meddai wedyn. Mae'r wên yn un denau, oer.

'Yli, Anwen . . .'

Mae hi'n ymwybodol fod sawl un o'r merched, o ddwy ochr y ffin gerddorol, yn dal eu gwynt, yn disgwyl i'r sbarcs arfaethedig ffrwydro i bob cyfeiriad. Ond mae hi'n penderfynu nad ydi hi ddim am roi'r pleser hwnnw i'r Melodïau, mai'r peth olaf y mae hi am ei wneud ydi cynhyrfu'r Dwsin hefyd a hwythau ar fin cynhesu'r gynulleidfa cyn y brif act.

Sylwa fod y gegin fach ym mhen draw'r coridor yn wag ac mae'n arwain Anwen i'w gyfeiriad, yn cau'r drws yn ysgafn ond yn bendant o'i hôl.

'Am fy nghadw fi'n hosdej? Paid â phoeni, does dim rhaid i'r Melodïau gael arweinydd yn sefyll o'u blaenau nhw. Maen nhw'n ddigon o hen stejars.' Mae hi'n ei herio.

'Yli . . .'

'Na, Eirys, sbia di arna i.' Mae'n sylwi bod ei llais a'i hwyneb yn crynu. Mae'n disgwyl am y swadan. 'Be ti'n weld? Y? Y ddynas slic, llawn hyder sy'n dipyn o gontrol ffrîc cerddorol? Sy'n byw ac yn bod y peth. Yn mynnu perffeithrwydd. Yn ffynnu ar gythral canu?'

'Ond mae gen i betha pwysicach i boeni amdanyn nhw na dy dipyn gampa di, i chdi gael dallt. Oedd, mi roedd o'n brifo ar y pryd. Y ffaith dy fod ti a Gwenda 'di penderfynu troi eich cefna ar y côr ar ôl yr holl amsar. Ac yn mynd ag amball un i'ch canlyn. Teimlo 'mod i wedi methu rywsut, a dydw i ddim yn licio methu. Duw a ŵyr, dydw i *ddim* yn un sy'n licio methu . . .'

Ac er mawr syndod i Eirys mae'r gwynt fel pe bai'n diflannu'n llwyr o hwyliau Anwen, ac mae hi'n disgyn yn swp ar yr unig gadair sydd yn y stafell fechan ac yn dechrau igian crio.

Ymhen deng munud mae hi wrthi'n trio'i gorau i dawelu ofnau'r Dwsin, er bod ei meddwl ei hun yn rasio fel trên cyflym heb frêcs. O weld Anwen, a'i cholur yn ôl yn ei briod le, fyddech chi fyth yn sylweddoli fod calon honno ar dorri am fod ei gŵr newydd ofyn am ddifôrs ar ôl deng mlynedd. A dim byd mor ystrydebol â hogan ifanc o'r swyddfa wedi mwydro'i ben o chwaith, ond dynes ddwy flynedd yn hŷn nag Anwen. Rhywun na fyddech chi'n edrych ddwywaith arni ar y stryd. Mam i ddwy ferch yn eu harddegau cynnar. 'Teulu redi-mêd. Handi, 'te?'

'Wel?'

'Ddeuda i wrthach chi wedyn.' (Mi fydd hi wedi cael amser i lunio fersiwn arall hollol o'r hyn ddigwyddodd y tu ôl i'r drws caeëdig erbyn hynny.)

'Reit! Dwi isio i chi fwynhau eich hunain ar y llwyfan 'na heno. Ocê? Rhowch bob un dim arall o'ch meddwl am y tro. Ymlaen mae Canaan, genod!'

Er iddyn nhw gael cychwyn digon simsan, ambell nodyn ciami, a bod ambell lais unigol, gor-frwdfrydig yn mynnu gwthio i'r golwg o bryd i'w gilydd, maen nhw'n magu hyder wrth fynd ymlaen. Ar ddiwedd y set gyntaf mae'r gynulleidfa'n cymeradwyo'n harti, ac mae 'na un neu ddwy floedd o 'Mwy!' yn rhoi sbonc yn eu sodlau wrth iddyn nhw adael y llwyfan.

Pan wêl hi Gwyndaf yn rhuthro drwy ddrws y cyntedd adeg hanner amser, a'r criw erbyn hynny'n mwynhau panad o goffi ac yn sgwrsio pymtheg yn dwsin, mae hi'n meddwl i ddechrau mai mwydro mae hi. Bod y rhyddhad, yr iwfforia ar ôl y perfformio, y cyfrinachau sydd wedi eu rhannu yn ystod yr oriau diwetha, yn dechrau dweud arni.

Ond mae o'n dod yn nes ac mae hi'n sylwi'n raddol ar ei wyneb gwelw, y ffaith ei fod o yn yr hen jymper gyfforddus 'na fydd o byth yn ei gwisgo y tu allan i'r tŷ, nad ydi o wedi trafferthu rhoi côt law ymlaen chwaith er ei bod hi'n amlwg o'i wallt a'i drowsus ei bod hi'n bwrw'n o sownd erbyn hyn.

'Gwyndaf! Be sy'n bod? Be sy 'di digwydd? Dad?'

'Naci. Bryn. Wedi cael damwain. Jesd fel roedd o'n nesu at adra. Mae o ar ei ffordd i Sbyty Gwynedd yn yr ambiwlans rŵan.'

Jackie yw'r un sydd wrth ei hochr yn syth, yn cymryd ei phanad oddi arni, yn ei sicrhau y bydd y Dwsin yn iawn. Mi rown nhw eu calonnau i gyd ym mherfformiad yr ail hanner. Wnân nhw ddim ei siomi hi. Ac mi wneith hi dorri'r newydd i Catrin, ac i Helen sydd yn y gynulleidfa.

Ond prin fod Eirys yn dilyn yr hyn mae hi'n ei ddweud wrth iddi redeg ar ôl Gwyndaf o'r neuadd ac i mewn i'r car sydd wedi'i barcio ar y llinellau melyn dwbl. Wrth iddo danio'r injan daw'r radio ymlaen a chlyw lais anghyffredin sy'n gyrru iasau i lawr ei chefn, yn canu fersiwn cyfoes o 'Hiraeth'. Mae'n ei ddiffodd yn syth. Emosiwn y gantores ifanc yn rhy gignoeth ar y funud. Fedar hi ddim fforddio colli rheolaeth. Mae'n rhaid iddi fod yn gryf er mwyn Bryn.

'Mae 'nghalon i cyn drymed': Eirys

Mae hi fel bod ar set ffilm neu ddrama deledu. Goleuadau llachar. Nyrsys, meddygon yn galw ar ei gilydd, pobol yn cael eu cario i mewn ar strejars, mewn cadeiriau olwyn, drysau'n agor a chlepian, cynnwrf, rhyw ruthro rhyfedd dan reolaeth anghyffredin. A'r ddau ohonyn nhw, Gwyndaf a hithau, yn teimlo fel cymeriadau sydd wedi crwydro i flaen llwyfan diarth sydd eto'n od o gyfarwydd.

Nid ei man gwaith yw'r lle yma heno, ond safle brwydr lle mae bywydau ar y lein.

Y tîm sydd yn y stafell gyntaf ar y chwith wedi i chi fynd i mewn drwy ddrysau'r Adran Ddamweiniau sy'n gofalu am Bryn. I'r fan honno mae'r rhai sydd angen y driniaeth ddwysach yn mynd, yn amlwg. Mae 'na rai eraill wedi cael eu hebrwng i'r ciwbicls, tu hwnt i'r man aros sydd ar groesffordd rhwng y dwys a'r llai difrifol. Rhyw dir neb, lle mae 'na un neu ddau arall, fel hwythau, yn aros mewn math o limbo, yn cyfri'r eiliadau, munudau. Yn rhythu'n syth o'u blaenau, yn troi eu golygon o bryd i'w gilydd at ddrysau dwbl y stafelloedd triniaeth, yn ysu am gael gwybod sut mae pethau'n dod ymlaen ac yn trio ffoi rhag troeon mwyaf dychrynllyd eu dychymyg ar yr un pryd. Yn trio peidio â chymryd sylw o'r griddfan sy'n dod o gyfeiriad un ciwbicl i'r chwith ohonyn nhw.

Yng nghanol hyn i gyd mae'n ei chael ei hun yn sylwi

ar bethau gwirion, hollol ddibwys, fel y ffaith fod gan un o'r nyrsys *ladder* yn ei hosan. Ddylai hi, Eirys, ddweud wrthi? Ar y bwrdd bach sgwâr o'u blaenau, ar glawr un o'r cylchgronau sydd wedi hen golli ei sglein, mae'r pennawd 'Dying to get away? Your chance to win a once in a lifetime holiday!' Ac mae'n teimlo rhyw giglan gwirion yn dechrau cronni ym mhwll ei stumog, ei hysgwyddau'n dechrau ysgwyd. Mae Gwyndaf yn troi ati, gan feddwl mai dagrau sydd ar eu ffordd. Ac wrth iddo estyn ei fraich amdani i'w sadio, y rheiny yn y diwedd sy'n cael y llaw uchaf ar ei sterics, yn dechrau llifo o gonglau ei llygaid, yn gwlychu coler ei thop newydd.

'Sori!'

'Am be, dŵa?'

O Gwyndaf annw'l! Lle mae dechrau? Fy niffyg sylw, f'ymdrech pathetig i ail-fyw profiadau'r hogan yn ei hugeiniau. Y ffaith fy mod i wedi cymryd cymaint o bethau'n ganiataol, nad ydw i'n llwyddo i wneud unrhyw beth yn iawn, yn jyglo llwyth o blatiau yn yr awyr a'r rheiny'n eu tro yn landio'n deilchion wrth fy nhraed i, fesul tamaid.

'Bob dim!'

'Ond dim dy fai di 'di hyn, 'rhen hogan! Dim chdi oedd tu ôl i lyw'r car aeth i mewn iddo fo, naci?'

Dwi'n gwbod. Ond fedra i ddim peidio â meddwl mai rhyw gosb ydi hyn am fod yn jadan mor ddauwynebog, mor ddi-feind . . .

'Gwyndaf . . .'

Ar hynny mae drws y stafell lle mae Bryn yn gorwedd yn agor a daw meddyg allan, hogan yn ei thridegau cynnar, mae'n tybio, gan gerdded i'w cyfeiriad a golwg ddifrifol ar ei hwyneb.

Mae'r ddau, fel un, yn dal eu gwynt.

'Gewch chi ddŵad i mewn am funud. Mae o wedi agor 'i llgada ac mae o'n dechra ymatab.'

'Cymraes!' yw ymateb cyntaf Eirys, ac yna 'Diolch! Diolch!' cyn gafael yn llaw Gwyndaf a cherdded yn herciog, fel tasa hi wedi cyffio i gyd, i gyfeiriad y stafell driniaeth, i mewn i'r ddrama arall sydd wedi'i chrynhoi dan y goleuadau claerwyn o gwmpas y gwely cul ar olwynion. A chân gyson, un nodyn y peiriannau monitro yn gyfeiliant yn y cefndir.

Mae hi'n gorfod dal ei hun rhag gweiddi pan wêl ei wyneb, ei fraich ddiffrwyth, ei grys gwaith wedi rhwygo, y weiars yn sownd yn ei frest. Gobeithio y byddan nhw'n ofalus wrth eu tynnu nhw. Mae hi'n gwingo, yn union fel pe bai'n medru teimlo'r blew yn cael eu halio o'r gwraidd.

'Y funud y byddan ni'n hapus ei fod o'n ddigon sefydlog, mi awn ni â fo i fyny i gael sgan er mwyn gwneud yn siŵr nad oes 'na ddim gwaedu ar yr ymennydd. Ond mi rydan ni'n reit ffyddiog.'

Am eiliad gwêl Eirys yr hyn mae hi'n gobeithio ydi cysgod gwên o gwmpas gwefusau chwyddedig, gwaedlyd ei mab hynaf wrth iddi sibrwd ei enw.

Ymhen rhyw ugain munud wedyn maen nhw'n penderfynu fod Bryn yn barod i'w hebrwng i'r sganiwr. Ond all Eirys ddim peidio â sylwi ar y meddyg ifanc yn gostwng ei llais, yn dweud wrth ei chydweithwyr yr aiff hi i fyny yno'n gwmni i'r claf a'i rieni, 'rhag ofn'.

Mae hithau, ar ôl ei rhyddhad cyntaf, yn teimlo'r ofn yn bygwth gafael ynddi o'r newydd, yn lapio'i hun amdani fel rhyw niwlen laith, yn ei dilyn fel ysbryd ar hyd y coridorau hirion. Os yw Gwyndaf yn teimlo'r un fath, dydi o ddim yn ei ddangos. Yn ddifynegiant ei wedd, mae'n edrych yn union fel y bydd o weithiau pan fo problem ariannol fwy dyrys na'i gilydd i'w datrys yn y gwaith, a fawr ddim amynedd ganddo efo rhyw fân siarad yn yr awr ddiafael honno rhwng cyrraedd adref ac amser swper.

Normalrwydd. Dyna sy'n ei tharo hi wrth gyrraedd yr uned sganio. Does 'na ddim yr un rhuthr yma, mae'n dawelach, ac mae'r tanc llawn pysgod trofannol sydd yn y man aros yn ychwanegu at yr awyrgylch digyffro. Wrth eu dilyn yn gwibio fel rhubanau symudliw o un pen i'r tanc i'r llall, yn ôl a mlaen, 'nôl a mlaen, caiff ei hatgoffa o'r caleidosgop oedd ganddi'n blentyn, y modd y byddai'r darnau bach bob lliw yn newid siâp ar amrantiad, a phob tro i'w ben blaen yn cynhyrchu patrwm newydd. Unwaith roedd o wedi newid, wrth gwrs, doedd dim modd atgynhyrchu'r union un byth wedyn.

'Mi wela i chi yn ôl yn A&E. Peidiwch â phoeni, mae o mewn dwylo saff.'

Mae'r cyffyrddiad ysgafn ar ei hysgwydd yn ei dychryn am funud, yn ei thynnu'n ôl i'r presennol gerfydd ei gwar, yn ei gorfodi er ei gwaethaf i wynebu o'r newydd yr hyn sydd wedi digwydd yn ystod yr oriau diwetha 'ma. Gwylia'r meddyg yn camu'n bwrpasol yn ôl i'w ddyletswyddau yn yr Adran Ddamweiniau, a sylweddoli o dipyn i beth nad oes dim golwg o Gwyndaf. Mae'n rhaid ei fod o wedi mynd i chwilio am dŷ bach. Neu banad, ella. Mi fasa panad yn dda, erbyn meddwl. Mae ei gwefusau'n sych grimp a'i gwddw'n llosgi.

Wrthi'n helpu ei hun i ddŵr oer o'r peiriant y tu hwnt i'r tanc pysgod mae hi pan wêl Gwyndaf yn dod yn ei ôl, yn chwilio amdani. Mae gweld yr eiliad neu ddau o banig yn ei wedd a'i osgo cyn iddo sylweddoli ei bod hi'n dal yno yn ei chyffwrdd i'r byw.

'Tecst ddaeth drwodd gan Helen. Mae hi, Gruff a Catrin yn stafall aros yr A&E. Be am i ti fynd atyn nhw? Maen nhw ar dân isio gwbod sut mae petha'n mynd, be ddigwyddodd. Mi arhosa i yma yn dy le di, yli. Mi wna i'n siŵr na cheith Bryn ddim cam.'

A rhywsut neu'i gilydd mae hi'n llwyddo i ddod o hyd i'w ffordd yn ôl. Er mai yn rhan weinyddol y sbyty mae ei swyddfa hi, mae'n syndod sut mae cynllun y lle wedi mynd yn rhan o'i hisymwybod dros y blynyddoedd.

'Eirys!'

Daw ei chwaer i'w chyfarfod wrth iddi nesáu at yr Adran Ddamweiniau. 'O, Eirys bach, sut mae o erbyn hyn?'

A theimla fymryn o ryddhad wrth gael rhannu'r hanes efo Helen tra bod Catrin a'i thad yn gwrando'n ofalus, y naill â'i fraich yn swatio'i ferch yn amddiffynnol, a'r llall yn welw hollol ac yn methu â'i hatal ei hun rhag crynu.

'Dach chi 'di clŵad pwy neu be achosodd y ddamwain?'

'Dim ond bod 'na rywun wedi colli rheolaeth ar rowndabowt Llys y Gwynt ar yr union adag yr oedd Bryn druan yn dod oddi ar yr A55, ac achosi peil-yp o ddau gyfeiriad. Gymaint â phump car i gyd, meddan nhw. Tasa hi'n adeg y *rush hour* gwaith, mi fasa hi wedi medru bod dipyn gwaeth.'

'Ydi Eifion yn gwbod?'

'Mi ddaru ni benderfynu disgwyl tan bora fory cyn deud dim byd wrtho fo. Siawns na fydd Bryn yn fwy sefydlog erbyn hynny ac y byddwn ni'n gwbod y sgôr yn well. Poeni oeddan ni hefyd y basa Eifion yn cael ei demtio i yrru'n wyllt wirion i fyny o Gaerdydd heno, a hitha'n dywydd mor fudur erbyn hyn. Fasan ni byth yn madda i ni'n hunan tasa 'na rwbath yn digwydd iddo fynta hefyd.'

'Ti'n iawn, cyw?'

Mae Eirys yn troi at ei nith, sy'n ei chael hi'n anodd gwneud fawr ddim ond nodio'i phen ar y funud, a'r dagrau'n bygwth. Pwysa yn erbyn ei thad gan gysgodi yn ei gesail, fel pe bai hi'n hogan fach unwaith eto.

'Digwyddiada fel hyn yn rhoi petha yn eu cyd-destun rywsut, tydyn?' meddai Eirys wedyn, heb gyfarch neb yn benodol, na disgwyl unrhyw ymateb chwaith. O edrych dros ei hysgwydd ar ddigwyddiadau'r pnawn a'r gyda'r nos cynnar, maen nhw'n ymddangos fel gwlad gwbl wahanol erbyn hyn. Mae'r dirwedd yn ddiarth a'r gorwel ar sgiw.

Ac eto . . . mae 'na ryw nodyn, rhyw sain, rhyw lais cyfarwydd, yn ei thynnu'n ôl. O gil ei llygad gwêl gadair olwyn yn cael ei phowlio allan o un o'r ciwbicls. Am funud ystyria mai'r sioc sy'n dechrau dweud arni, ei bod hi'n gweld pethau. Ac yna mae'n ailedrych ac yn canfod nad yw ei llygaid yn ei thwyllo. Yn y gadair mae Gwenda, ei braich mewn sling, ei sanau'n grybibion a'i choesau'n un o waed wedi ceulo. Wrth ei hochr mae Ron, yn edrych fel pe bai o angen o leiaf wythnos o gwsg.

Sylla'r ddwy ar ei gilydd.

'Be ti'n neud yma . . .?'

'Be ti . . .?'

Bron nad yw'n ddeuawd. Ac yna mae'n gwawrio ar Eirys.

'Oeddat ti'n rhan o hyn? Y ddamwain sy 'di landio Bryn yn y lle 'ma? Sy'n bygwth ei fywyd o?'

Sylla Gwenda arni mewn braw, estyn ei llaw chwith rydd at ei cheg, ei llygaid fel soseri.

'Ti . . .?'

Rhaid i Helen afael yn dynn yn Eirys i'w rhwystro

rhag rhedeg ar ôl y gadair olwyn, rhag cydio yn y nyrs sy'n ei gwthio i drio'i atal ar ei daith. Wrth lwc, mae o ddwywaith ei maint hi, ac er ei fod o'n fawr ac yn nobl mae'n syndod o ysgafn ar ei draed. Mae o wedi cyrraedd pen draw'r coridor ymhen dim a Ron druan yn tuchan wrth drio dal i fyny.

Dim ond wedi iddyn nhw droi'r gongl a diflannu o'r golwg mae Eirys yn ymollwng, yn udo fel anifail wedi'i glwyfo, cyn dechrau torri ei chalon go iawn heb falio dim pwy sy'n ei chlywed.

Ac un enw'n drybowndian oddi ar waliau'r coridor gwag: 'Gwenda-a-a!'

'Merch ei mam': Jackie

Yng ngwres y funud wnaeth hi ddim meddwl, dim ond bwrw mlaen a mynd amdani cyn bod Gwyndaf druan wedi tanio injan y car hyd yn oed. Cael gafael ar Catrin a'i mam oedd ei blaenoriaeth gyntaf, torri'r newyddion am y ddamwain mor ddigyffro ag y medrai, trefnu bod Gruff yn dod i'w nôl, yna hel gweddill y Dwsin at ei gilydd ar gyfer ail ran y cyngerdd. Egluro, eto mor gynnil ag y medrai, beth oedd wedi digwydd, cyn eu hannog nhw i gyd i fynd allan ar y llwyfan a chanu nes bod y to'n codi 'er mwyn Eirys'.

A wnaethon nhw erioed ganu cystal yn eu hoes fer. Pawb fel un, ac wrth lwc roedd ganddyn nhw gân wrth gefn fel *encore*. Roedden nhw wedi cyffwrdd y gynulleidfa a doedd neb ar frys i adael y llwyfan.

Synnu wedyn, wrth gwrs. Rhyfeddu ati ei hun, ei bod hi wedi gafael ynddi heb dindroi nac amau ei gallu i reoli'r sefyllfa. Dim ond wedyn, wrth wylio'r Melodïau yn canu o ochr y llwyfan, y dechreuodd hi grynu o'i chorun i'w sawdl, a wnaeth hi ddim stopio nes i'w mam brynu brandi iddi yn y Llangollen ar ddiwedd y cyngerdd. Y ddwy'n bachu ar gynnig Vic i fynd â Ceri adref er mwyn i Nain a Mam gael pum munud efo'i gilydd, a chael eu hunain yn mwynhau'r cyfle prin.

'Ew! Mi wnaethoch chi ganu'n dda, Jacks! O'n i mor

browd ohonat ti. Glywist ti'r *cheers* 'na ar y diwadd, do? Mi oedd gwynab Ceri'n bictiwr, 'sti – mi fasat ti'n taeru eich bod chi 'di ennill yr X Factor!'

Fedrai Jackie ddim yngan gair ar y funud honno, er bod 'na gymaint ar ei chalon hi. Cymaint yr oedd hi eisiau ymddiheuro amdano, ei egluro. Y ffaith iddi fod mor styfnig dros y blynyddoedd yn fwy na dim. Nid ei bod hi wedi mynd ati i frifo'i mam yn fwriadol yn y lle cyntaf, ond am mai dyna'r unig ffordd oedd ganddi ar y pryd o dalu'n ôl i'w thad am ei gadael hi mor ffwr-bwt. Ac eto fyddai hi ddim heb Ceri am bris yn y byd. Ac roedd meddwl am unrhyw ddamwain yn taro'i merch, fel roedd o wedi taro Bryn mor annisgwyl heno, y tu hwnt i unrhyw hunllef. Cydiodd yn llaw Cath.

'Sori, Mam.'

'Am be, Jacks bach? Chdi oedd seran y sioe heno! *No contest!*'

'Mam, gwrandwch . . .'

'Brandi bach arall? Wneith o ddim drwg iti, ac os mai poeni na fedri di ddim cerddad wedyn wyt ti, gei di bwyso arna i, yli.'

Yn ei ffordd ddeheuig arferol roedd Cath wedi llwyddo i symud y sgwrs i gyfeiriad saffach, ysgafnach, a hithau Jackie'n ddigon bodlon ildio i'w mam ac i'r blinder braf oedd yn dechrau gafael ynddi wrth iddi deimlo'i hun yn ymlacio o'r diwedd.

Newydd fynd i gysgu oedd Ceri pan gyrhaeddodd y ddwy adref ymhen rhyw awr wedyn.

'Oedd hi 'di weindio braidd ar ôl yr holl ecseitment,' meddai Vic gan wenu'n rhadlon. 'Mi wnes i chydig o *oven chips* i'r ddau ohonan ni a wnaethon ni watshiad y teli am dipyn – y rhaglan 'na oedd hi wedi recordio neithiwr – ac mi welwn i ei llgada hi'n mynd yn drwm ymhen dipyn. Roedd hi'n ddigon parod i'w throi hi am y ciando wedyn a chlywish i ddim smic ers hynny. Dach chi'ch dwy'n iawn?'

Roedd ei mam wedi estyn am ei law ac wedi ei dynnu ati'n gariadus wedyn gan ofyn, 'Waeth inni ddeud wrthi rŵan ddim, na waeth, Vic? Be ti'n ddeud?'

Am un eiliad hollol wallgof roedd Jackie wedi meddwl bod ei mam yn mynd i gyhoeddi ei bod hi'n disgwyl. Roedd cymaint wedi digwydd yn ystod y tair awr ddiwetha nes bod ei meddwl yn rasio mynd a'i dychymyg mewn ofyr-dreif.

'Ia, tad, pam lai? Jackie, dwi 'di gofyn i dy fam fy mhriodi fi, ac mae hi wedi derbyn, cofia, ac wedi fy ngneud i'n un o'r dynion hapusa yn y Dyffryn 'ma!'

'Yn fwy na hynny, mae Vic wedi cael cynnig am ei dŷ ac wedi'i dderbyn o, ac mi rydan ninna 'di gwneud cynnig am dŷ mwy. Un o'r rheiny ar safla'r hen glinic, 'sti. Mae 'na dair stafall wely ynddyn nhw. Digon o le i ti a Ceri tasach chi isio.'

Safodd Jackie'n edrych arnyn nhw mewn syndod am eiliad dawel, hir cyn eu cofleidio, a'r dagrau'n cronni yn llygaid y tri, ac yna cliriodd ei mam ei llwnc yn gynnil ac ychwanegu:

'Oeddan ni 'di meddwl disgwl tan y Dolig cyn deud wrthat ti, nes bod bob dim 'di mynd trwadd a ballu, ond argo, pan mae rhywun yn clŵad am beth fel hyn yn digwydd i hogyn Eirys druan, mae rhywun jest yn teimlo fel gafal ynddi a deud *What the hell!* Dim ond un tshans ydan ni'n ei gael, 'te? Dwi'n meddwl o ddifri am roi'r gora i'r busnas ymhen y flwyddyn hefyd. Mae gan Cheryl awydd ei gymryd o drosodd, 'sti, a dwi'n gwbod y basa hi'n gneud sioe iawn ohoni.'

'Dach chi 'di penderfynu union pryd mae'r ddau ohonach chi'n mynd i droi'n gwpwl parchus, 'ta?'

'Pasg nesa. Fasat ti a Ceri'n fodlon bod yn forynion inni?'

'Cyn belled â bod y Dwsin yn cael canu yn y parti wedyn!'

'Dîl! Oeddan ni wedi bwcio Tom Jones, doeddan Vic? Ond mi ffonia i i ganslo hwnnw fory nesa!'

Y tri'n eu cael eu hunain ar y ffin ryfedd honno rhwng chwerthin a chrio wedyn, ac yn ddigon saff o'i gilydd i ddangos eu gwir deimladau heb orfod teimlo unrhyw gywilydd.

Roedd ei meddwl hi'n dal i garlamu pan gyrhaeddodd ei gwely sbel yn ddiweddarach, a'i hemosiynau'n un stomp. Sôn am noson! Ac i feddwl mai'r peth oedd yn ei phoeni hi'n fwy na dim ar ei dechrau oedd y byddai hi'n anghofio'r geiriau, yn dechrau canu yn y lle anghywir, neu'n methu'r nodyn trici 'na yn 'Titrwm Tatrwm'! Mae'n bryd i ti ddechrau mynd allan fwy, Jackie bach, meddyliodd gan wenu'n gam wrthi'i hun!

Ac eto, heb y Dwsin, roedd hi'n gwybod na fyddai hi byth wedi cael y gyts i wneud yr hyn a wnaeth hi heno, heb sôn am gysylltu efo'r Brifysgol Agored i holi am y cwrs gradd mewn Hanes Celf ychydig ddyddiau'n ôl. Yng ngwres y munudau afreal hynny'n gynharach roedd hi wedi cael ei themtio i rannu'r manylion efo'i mam a Vic, ond gwyddai nad dyna'r amser iawn. Byddai'n dal arni am dipyn, disgwyl nes roedd ei meddwl yn gliriach a hithau'n gwybod yn well pa help ariannol, yn grantiau a ballu, oedd ar gael hefyd.

Ar y funud roedd gwybod fod 'na ail gyfle o fewn ei

gafael, fel darn o emwaith coll yn wincio arni'n ddeniadol, yn fwy na digon iddi.

Cyn rhoi ei phen ar y gobennydd anfonodd decst byr i Catrin, er y gwyddai nad oedd disgwyl iddi dderbyn unrhyw ymateb ganddi am ddau o'r gloch y bore. Wrth i'w bysedd wibio dros y botymau bychain teimlai'n euog rywsut am ei bod hi mor hapus dros ei mam, fod pethau'n dechrau ffitio i'w lle, tra bod Eirys a Catrin yn mynd drwy uffern na fedrai hi ei ddychmygu. Dim ond gobeithio nad oedd pethau'n rhy ddifrifol ac y byddai Bryn yn dod trwyddi. Doedd Eirys a'i chalon fawr garedig ddim yn haeddu poen fel hyn.

'*Dim ond un tshans ydan ni'n ei gael!*' Daliai i glywed ei mam yn dweud y geiriau efo arddeliad. Ac yn sŵn y geiriau hynny'n canu yn ei phen y gollyngodd Jackie afael ar gynnwrf yr oriau diwetha fesul tamaid cyn llithro, llithro i gwsg dwfn.

'Llongau Caernarfon': Catrin

'Mmm – does 'na ddim byd i guro ogla heli a gwymon. Atgoffa fi o pan fyddan ni'n mynd fel teulu i Ddinas Dinlla sdalwm, mae'n siŵr.'

Edrychai Helen ar draws y Fenai i gyfeiriad Môn, yn gwerthfawrogi'r olygfa ac yn anadlu awyr y môr yn ddwfn i'w hysgyfaint.

Ddeuddydd ar ôl y ddamwain ac roedd Catrin a'i mam yn cerdded ar hyd y Foryd ar ôl croesi Pont yr Abar wrth odre'r castell. Tro hamddenol, myfyriol. Fawr o sgwrs rhwng y ddwy, ond y bylchau tawel yn rhai cyfforddus am y tro cyntaf ers tro byd. Roedd glaw trwm yr oriau diwetha wedi cilio, ac er bod yr haul yn gyndyn o ildio'n union yr un gwres ag y byddai yng Ngorffennaf, eto i gyd roedd golau llachar y bore hydrefol yn cynnig eli i'r galon, a'r ferch a'i mam yn ymateb i hynny.

'Mi ddylian ni neud petha fel hyn yn amlach, Catrin. Stopio rhedag, jesd dilyn ein trwyna, peidio cynllunio gormod.'

'Dwi'n gwbod. Sori 'mod i wedi bod yn gymaint o hen fuwch yr wsnosa diwetha 'ma.'

Cydiodd Helen yn ei llaw yn wyneb yr ymddiheuriad annisgwyl.

'Tydw inna 'di bod yn swnian gormod arnat ti. Ddim yn gwbod pryd i gau fy ngheg ar adega. Teimlo y dyliwn i ddeud mwy dro arall. Tasat ti'n ddisgybl neu'n fyfyriwr imi, mi fasa hi gymaint haws. Nid y baswn i'n dod o hyd i'r union eiria iawn bob tro, cofia, ond . . .'

'Peidiwch â cholbio'ch hun gymaint, Mam. Fi sy 'di bod yn rêl ast, yn actio fel ryw brima donna, yn geg i gyd, cymryd gormod o betha'n ganiataol.'

'Tydan ni i gyd. Nes mae rwbath fel hyn yn digwydd . . . Wn i ddim sut y baswn i'n delio efo'r peth, wir. Fedra i ddim dychmygu . . .'

Crynai fel pe bai 'rhywun yn cerdded dros ei bedd', chwedl ei nain ers talwm, closio'n nes at Catrin, mentro rhoi ei braich am ei hysgwyddau cyn bwrw mlaen â'u dro. Cysur dyfnach nag unrhyw eiriau cariadus oedd ei theimlo'n ymateb iddi yn lle cwffio yn ei herbyn, y tro yma.

Rhoddodd ffrwyn ar ei hawydd i agor ei chalon led y pen, bodloni ar fwytho'r funud, gadael i bethau ddilyn eu trywydd naturiol eu hunain, yn eu hamser eu hunain.

'Diolch byth fod Bryn yn well, ynde Mam?'

'Argian ia. Roedd rhywun yn ofni'r gwaetha pan oeddan nhw'n sôn fod 'na waedu yn 'i ben o. Jesd diolch nad oedd hwnnw ddim yn helynt rhy fawr. Ond mae o'n mynd i gymryd dipyn o amsar i'w fraich a'i ysgwydd o fendio. Mae gosod plât yn 'i ysgwydd o'n swnio'n goblyn o job.'

Roedden nhw wedi cyrraedd parc chwarae'r plant a'r ddwy wedi troi i mewn yno, ling-di-long, heb feddwl rywsut, gan anelu at y fainc agosaf. Blinder yn dechrau eu taro ar ôl tensiwn yr oriau hir diwetha, eu cyhyrau'n gwingo ar ôl iddyn nhw eu dal mor dynn.

Dim ond dwy o famau oedd yn y parc heddiw, y naill efo dau dodlar bach bywiog, hogyn a hogan, a'r llall yn fam i ferch fach ychydig yn hŷn, yn tynnu at oed ysgol gynradd. Pob un wedi ei lapio mewn dillad cynnes lliwgar. Roedd y tri wrth eu bodd, yn galw 'Eto! Eto!' ar eu mamau, yn ysu am iddyn nhw eu troelli fel topiau ar y carwsél, yn chwerthin llond eu boliau. A'r parc yn adlais o'r haf unwaith eto, copor ac aur y dail yn ymddangos rhyw gymaint yn gynhesach, y glaswellt byr yn teimlo fel pe bai'n sbriwsio dan eu traed.

Pwyntiodd Helen i'w cyfeiriad.

'Mae hyn yn dod â lot o betha'n ôl. Ond y swings oedd dy beth mawr di. Cofio? Fedrat ti ddim cael digon ohonyn nhw. Roeddat ti'n benderfynol o fynd yn uwch, uwch o hyd. Finna ofn drwy 'mhen ôl dy fod ti'n mynd i bowlio allan a tharo dy ben.'

'Does na'm byd 'di newid!'

'Na! A faswn i ddim isio newid dim byd chwaith. Dim byd.'

Eisteddodd y ddwy gan wylio'r chwarae am rai munudau. Catrin dorrodd y tawelwch gyntaf.

'Chi oedd yn iawn, 'fyd.'

'Am be?'

'Tom, coleg, 'mod i'n wastio f'amsar.'

'Be ti'n feddwl?'

'Dan ni 'di gorffan. Y ddau ohonan ni'n teimlo mai dyna fasa ora ar y funud.'

Nid dyma'r amser i ddweud y stori'n llawn. Ei bod hi wedi synhwyro ei fod o'n dechrau pellhau oddi wrthi, yn symud ymlaen, yn edrych i gyfeiriadau eraill, hŷn ers tipyn bach. Ei bod hi wedi penderfynu rhoi terfyn ar bethau ei hun cyn iddo fo gael y cyfle i wneud; fod hynny wedi bod yn haws yn y pen draw, yn enwedig ar ôl yr wythnos yn gynharach yn y mis pan oedd hi wedi dechrau mynd i feddwl ei bod hi'n disgwyl. Y ffaith ei bod hi wedi anghofio cymryd y bilsen am un diwrnod yn chwarae ar ei meddwl. A throi'r gwahanol feddyliau hynny yn ei phen wedi ei gorfodi hi i edrych mewn gwaed oer ar yr hyn roedd hi wirioneddol eisiau. I ba gyfeiriad roedd hi eisiau mynd.

'O, Cat! Ti'n siŵr? Faswn i ddim yn medru byw yn fy nghroen taswn i'n meddwl 'mod i wedi dylanwadu arnat ti mewn unrhyw ffordd.'

'Hollol siŵr. Mi wnes i gamgým. Jesd nad ydw i ddim wedi medru cyfadda hynny i chi – nag i fi fy hun chwaith – tan rŵan. Ond ar ôl damwain Bryn a ballu . . .'

'Ia.'

'A dwi'n teimlo'n uffernol o euog 'mod i 'di deud wrth Anti Eirys am y brêc-yp gynta. Pnawn y cyngerdd. O'n i jesd mor ffed-ỳp.'

'Ti wastad wedi'i chael hi'n haws rhannu efo Eirys, do? Ond dwi'n gobeithio medrwn ni'n dwy – chdi a fi – fod yn fwy agorad efo'n gilydd o hyn mlaen 'fyd. Ty'd. Well inni ei throi hi'n ôl am yr Abar. Dwi awydd ffonio dy dad, ei halio fo allan o swyddfa'r Cyngor 'na, cael tamaid bach o ginio yn Wal.'

'Cŵl. Dwi 'di trefnu gweld Eifs yn y Blac am un o'r gloch. Meddwl y basa fo'n licio'r newid.'

Gan fod ganddi ddigon o amser penderfynodd Catrin gerdded i ben draw'r cei yn lle troi am Bendeitsh. Roedd y maes parcio'n reit wag a'r cychod 'sgota a hwylio'n rhes dawel oddi tani, dim ond ambell wylan fusneslyd yn martsio o gwmpas fel tasai hi biau'r lle.

Teimlai ei mobeil yn crynu yn ei phoced, gwenu o weld mai Llio oedd wedi anfon tecst ati. Roedd darllen ei negeseuon waci bob amser yn laff, fel gwylio *soap* weithiau. Ond dim ond neges fer oedd yno'r tro yma:

Dawns ryng-gol yma pen pthfnos. Ffansi dod?
TW fyd? xx

Fedrai hi ddim peidio â theimlo'r pigiad wrth weld llythrennau ei enw yn y ffenest fach o dan ei llaw. Ateb yn reit sydyn: Ella wir. Ffoniai d fuan :) cyn ei ddiffodd a'i stwffio'n ôl i waelod ei phoced. Cerdded i fyny'r allt yn reit handi tuag at y Maes a'i phen i lawr rhag i neb sylwi ar ei llygaid clwyfus.

Roedd hi wedi dechrau sadio erbyn iddi gyrraedd y Blac, a phenderfynodd fachu'r gadair eisteddfodol yr olwg wrth y tanllwyth tân yn y bar a setlo yno i ddisgwyl am Eifs, hanner o seidar yn gwmni iddi.

Cyrhaeddodd ei chefnder â'i wynt yn ei ddwrn ymhen dipyn.

'Sori 'mod i'n hwyr!'

'Bob dim yn iawn?'

'Ydi, 'sti. Wel, yn well beth bynnag. Bryn i weld mewn llai o boen heddiw.'

'Sud ma' dy fam a dy dad?'

'Côpio'n anhygoel, deud gwir. Teimlo bod hyn 'di dod â nhw'n nes rywsut. Dim bod nhw'n deud lot, 'sti, jesd sut maen nhw efo'i gilydd. Hannar arall?'

A'r ddau'n ordro snacan yr un wedyn ac yn gwneud yn fawr o'r cyfle i ddal i fyny efo holl ddigwyddiadau'r wythnosau diwetha, a nhw eu hunain. Dim ond ar ôl iddyn nhw orffen bwyta, hwythau'n syllu i fyw llygad cynnes y tân, y mentrodd Catrin ofyn y cwestiwn oedd wedi bod ar ei meddwl cyhyd.

'Wnest di sôn wrth dy fam wedyn am . . . 'sti . . . be welist ti'r bora 'na yng Nghaerdydd . . . ?'

'Mi fues i'n teimlo'n ddigon pisd off am y peth am sbel i ddeud y gwir wrthat ti, cael fy nhemtio fwy nag unwaith i ofyn iddi, ond oeddwn i'n dal i feddwl am be ddeudist ti'r pnawn hwnnw'n Llanddwyn, ac mi wnes i jesd penderfynu cadw 'mhen i lawr yn diwadd, ei hosgoi hi am sbel.

'Do'n i ddim 'di sylweddoli cymaint oedd y peth wedi bod ar fy meddwl i nes i mi fynd i mewn i un o bybs dre ryw gyda'r nos cynnar tua pythefnos 'nôl. O'n i 'di ca'l peint neu ddau, oedd y boi 'ma ar ei ben ei hun wrth y bar, wrthi'n lladd amsar cyn ei throi hi am adra 'r gwaith am wn i. Mwya'n byd o'n i'n sbio arno fo, mwya sicir o'n i mai fo oedd y boi oeddwn i wedi'i weld efo'i bawenna am Mam y bore hwnnw. Yn diwadd mi es i fyny ato fo. Cyflwyno fy hun fel "Hogyn Eirys".'

'Blydi hel! Be ddeudodd o?'

'Edrach yn hollol blanc arna i. O'n i'n teimlo'n rêl crinc wedyn. A gwaeth. Fel taswn i'n stelciwr. Neu 'mod i'n trio fy lwc efo fo. Es i o'no yn reit handi. Gwneud sioe fawr, 'mod i 'di gneud camgymeriad, sori mawr, cyn ei gleuo hi. Mi ddaru'r peth fy nychryn i, deud gwir. Sylweddoli 'mod i'n agos iawn at golli'r plot, bod rhaid i mi roi'r gora i fwydro am y peth cyn imi droi'n hollol honco. Dŵr dan bont ydi'r holl beth erbyn hyn beth bynnag, ynde? A sgin i'm awydd dechra pigo hen grachan, dim rŵan o bob adag.'

Yn ei thro, rhannodd hithau ei newyddion am Tom. Doedd dim angen unrhyw frafado gwneud efo Eifs, a gadawodd i'w hemosiynau briw frigo i'r wyneb, teimlo'i hun yn llacio, yn gollwng rhywfaint o'r baich fu'n pwyso arni. A phan gynigiodd ei chefnder ei bod yn dod i aros efo fo yn y Brifddinas ymhen ychydig ddyddiau, teimlai Catrin fod 'na ryw ddrws yn dechrau agor a'r rhimyn lleiaf o olau yn dod i'r golwg tu hwnt iddo.

'Yr wylan gefnddu': Gwenda

Roedd hi wedi cymryd y cam cyntaf. Wedi magu digon o blwc i gerdded i mewn, cyflwyno'i hun a chyfaddef fod ganddi broblem. A'r ffaith eu bod nhw'n cyfarfod ym Mangor yn golygu ei bod hi wedi medru gyrru yno ei hun. Mor ara deg â phe bai hi ar ei phensiwn.

Fis ar ôl y ddamwain ac roedd ei chorff hi, beth bynnag am ei meddwl, yn dechrau mendio. Doedd hi ddim wedi torri ei braich, diolch i'r gogoniant, dim ond wedi cael *hairline fracture*, ac roeddan nhw wedi'i hannog hi yn y sbyty i ailafael yn y gyrru cyn gynted ag y gallai. Roedd ambell asen wedi cleisio, ond erbyn hyn roedd y boen honno'n cipio llai ar ei gwynt, a heddiw fedrai hi ddim llai na theimlo'i bod hi wedi troi congl go fawr.

Rhyfedd. Roedd hi wedi disgwyl gweld y lle'n llawn o drueiniaid, ogla seidar rhad ar eu gwynt nhw ac ôl traul ar eu dillad, ond yr hyn oedd wedi'i tharo hi ar ei thalcen oedd pa mor normal roedd pawb yn ymddangos. O edrych arnyn nhw'n eistedd mor ddigyffro mewn cylch, fasach chi byth yn dyfalu maint yr ysfa dan yr wyneb, hen ysfa mor siarp â chyllell newydd, allai eu torri nhw i gyd yn gareiau o gael hanner cyfle.

Taflodd gip sydyn ar ei hwyneb ei hun yng ngwydr y car rŵan. I bob golwg edrychai hithau'r un mor hunanfeddiannol â'r lleill gynnau, mymryn o gryndod yn un llygad, efallai, tamaid mwy o liw nag arfer yn ei bochau, ond roedd y corddi yn ei stumog wedi tawelu erbyn hyn a fedrai hi ddim peidio â theimlo ei bod hi'n dal ei hun yn sythach a'i phen yn uwch.

'Shoulders back, tummy in!' Gwenodd am eiliad wrth gofio mantra ei mam ers talwm. Cododd o'r car yn ofalus a dechrau cerdded i lawr i gyfeiriad y pier, a chario ymlaen i gerdded wedyn ar hyd y rhodfa bren gyfarwydd. Dilyn ei greddf, a theimlo'i hun yn cryfhau efo bob cam. Stopio rhyw hanner ffordd ar ei hyd i edrych yn ôl ar y ddinas ac yna ymlaen ar yr Ynys, bron fel tasa hi ar groesffordd. Yr union fan lle roedd hi wrth gwrs. Yr union fan yr oedd y misoedd diwetha 'ma wedi bod yn ei harwain hi ato, er iddi gwffio yn erbyn hynny fel teigras wedi colli arni'i hun ar adegau.

Ac yn gyfeiliant i'r cwbl, gwaedd Eirys noson y ddamwain, sŵn iasol oedd wedi ei dilyn hi fel hen fraw fyth ers hynny, a'r oerni yn ei llygaid wrth iddyn nhw ddod wyneb yn wyneb ar y coridor yn y sbyty fel rhythu i ddyfnder llyn tywyll yn nhwll gaeaf. Diolch heddiw am lygedyn o haul a oedd, fel arfer, yn euro'r tai ar lannau Biwmares draw yn y pellter.

Neidiodd yn sydyn wrth i wylan fwy digywilydd na'i gilydd sgrechian y tu cefn iddi wrth drio hawlio tamaid o fwyd oedd wedi disgyn rhwng y styllod. Diolch nad oedd fawr neb arall o gwmpas i'w gweld, i gilwenu ar ben ei natur frau. Estynnodd am ei ffôn bach a'i gael yn angor yng ngwaelod ei phoced. Un *missed call*. Ron. Wrth gwrs. 'Dim ond galw i weld sut aeth hi ac i holi sud wt ti.'

Teimlai ei llygaid yn llenwi wrth feddwl amdano fo, mor driw ag erioed, er ei bod hi'n ddigon i drethu amynedd sant! Ac mi fu Ron yn nesa peth i hynny, myn

dian i! Edrychodd yn ôl eto i gyfeiriad y Garth a gweld
y ddau ohonyn nhw'n ifanc, llawn bywyd yn rowndio'r
gornel am y dafarn ar noson o haf a'u gobeithion nhw'n
lôn agored, lydan o'u blaenau.

'I mewn â chdi!'

'Naci, dos di gynta.'

'Ladies first.'

'Na, wir . . .'

'Mi awn ni i mewn efo'n gilydd, yli, os ydi hynny'n
gneud iti deimlo'n well. Iawn?'

Iawn. Er gwaethaf y cyfeiriadau annisgwyl ac ambell
i droad peryg ar y ffordd, roedd o wedi cadw ei ddwylo'n
saff ar y llyw ac wedi gwneud yn siŵr fod pethau'n para'n
'iawn' rhyngddyn nhw drwy'r cwbwl.

Byddai'n cofio teimlad ei law yn ei llaw hi pan
gyrhaeddodd yr A&E y noson honno hyd byth. A chael
gwybod, waeth beth roedd hi wedi'i wneud, neu beth
oedd o'u blaenau nhw, nad oedd o'n mynd i nunlle, ond
yn aros wrth ei hochr. A waeth beth roedd hi na neb arall
yn ei ddweud, roedd hi'n haeddu hynny, dim mwy, dim
llai.

Y rhyddhad wedyn o ddeall nad hi oedd yn gyfrifol
am y smash yn y diwedd ond hogyn ifanc oedd yn gyrru
ddau neu dri char o'i blaen hi. Wedi dŵad fel cath i
gythral o rywle a tharo i mewn i gar Bryn druan. Doedd
gan hwnnw ddim tshans o'i weld o, cradur, ac ar ben bob
dim roedd golau'r car yn ddiffygiol a doedd gan y boi
ddim insiwrans. Bywydau hanner dwsin o yrwyr eraill
gafodd eu dal yn y peil-yp wedi newid unwaith ac am
byth.

Dim ond diolch nad oedd hi wedi yfed dim cyn
mynd allan y noson honno. Picio i Tesco oedd hi wedi'i

wneud. Unrhyw beth i fynd allan o'r tŷ a'r Lechan, unrhyw beth rhag meddwl am y cyngerdd a'r ffaith nad oedd hi'n medru bod efo'r Dwsin. Sawl gwaith roedd hi wedi difaru croesi'r rhiniog? Wedi dyheu am droi rîl y ffilm yn ôl a dechrau o'r dechrau eto? Troi'r botwm *mute* ymlaen rhag iddi orfod clywed y torcalon a'r casineb yn llais Eirys?

Roedd Gwenda wedi trio'i ffonio sawl gwaith ers hynny, ond y peiriant ateb oedd yn dod ymlaen bron bob gafael. A'r unig adeg roedd Gwyndaf wedi codi'r ffôn roedd o wedi dweud wrthi nad oedd Eirys gartre, er ei bod hi'n medru synhwyro, fel tasa hi wrth ei hochr, ei bod hi yn y tŷ ond nad oedd am siarad efo hi.

Heddiw, yng nghanol harddwch y Fenai a chan gadw ei llygad ar y golau oedd yn dal i baentio dwyrain yr Ynys yn felyn, gynnes, pwysodd fotymau rhif ffôn bach Eirys y tro yma. A chael sioc trwy'i thin o'i chlywed hi'n ateb ar ôl dau ganiad yn unig.

Dweud y peth cyntaf ddaeth i'w meddwl hi.

'Ar y pier ym Mangor ydw i. Newydd fod mewn cwarfod AA. Teimlo fel cwmpeini . . .'

A'i chalon hi'n canu wrth glywed Eirys yn ateb, yn bositif, er ei bod hi'n swnio fymryn yn ffrwcslyd fel hithau ei hun.

'Iawn. Mi fydda i yna pen rhyw ddeng munud. Ar gychwyn i weld Dad yn y Cartra oeddwn i, wedyn mae o ar fy ffordd i. Paid â mynd yn bell.'

Mae Gwenda'n rhythu'n hir ar y teclyn bach yn ei llaw fel tasa hi newydd weld gwyrth. Mae'r awydd i droi'n ôl am y Tap and Spile ac ordro jin a tonic yn gryf, gryf ond mae hi'n troi ei chefn ar y ddinas a'r wylan swnllyd ac yn cerdded yn ei blaen i ben draw'r pier, a'i llaw'n mwytho, mwytho'r ffôn yn ei phoced. Mae'n canolbwyntio ar y tai drudfawr sy'n ei hwynebu, yn mynd ati i greu storïau, annhebygol ac fel arall, ar gyfer eu perchnogion, yn trio gweld a oes yna unrhyw arwydd o fywyd ynddyn nhw. Yn taflu cip ar haul Biwmares bob hyn a hyn.

Ac yna clyw sŵn traed y tu ôl iddi, yn nesu'n ansicr ac yna'n rhedeg tuag ati.

'Diolch byth!'

Mae Eirys yn edrych fel pe bai hi wedi rhedeg marathon. Ei llygaid yn wyllt a'r chwys yn sgleinio uwchben ei gwefus uchaf.

'Be sy?'

'Clŵad chdi'n deud dy fod ti ar y pier. 'Nes i feddwl . . .'

Mae'r ddwy'n rhythu ar ei gilydd am eiliad ac yna'n chwerthin, â rhyddhad o fathau gwahanol, gan foddi sŵn yr wylan sy'n dal i fynnu mai hi biau'r hawl ar bob tamaid o fwydiach a laniodd ar y rhodfa.

'Mae'n ddrwg gen i, Eirys.'

'Naci, fi ydi'r un ddylia ymddiheuro i chdi. Rhoi dau a dau efo'i gilydd a gneud un deg saith. Eto fyth. Fedrwn i ddim meddwl yn glir noson y ddamwain. Teimlo cwilydd wedyn. Ddim yn gwbod sut i dy wynebu di eto . . .'

Ac yna maen nhw'n dechrau ailestyn am ei gilydd o'r newydd, drwy sgwrs sydd fymryn yn swil ac yn herciog ar adegau, ond sy'n dechrau troi i gyfeiriad mwy cyfarwydd yn raddol. Mae'r ddwy'n gwybod y bydd hi'n beth amser cyn y daw pethau'n hollol naturiol rhyngddyn nhw eto, ond o leiaf mae'n gychwyn.

'Well i mi ei throi hi am y Cartra,' meddai Eirys ymhen dipyn.

'Sut mae dy dad yn setlo?'

'Mae o'n meddwl mai am seibiant bach arall y mae o yno, cradur, ond mae gen i ofn na fedar Mam ddim côpio llawer iawn hirach. Mi fydd yn rhaid inni dorri'r newyddion iddo fo cyn bo hir.'

A chyda hynny, mae'n rhoi coflaid sydyn i Gwenda cyn ei throi hi'n ôl i gyfeiriad y Garth.

Mae Gwenda hithau'n falch o weld mai dim ond hi sydd ar y pier bellach. Diflasodd yr wylan ar ei stondin, mae'n rhaid, a'r unig sŵn y mae hi'n ymwybodol ohono wrth iddi gerdded yn ôl yn araf tuag at y car ydi llepian, llepian Afon Menai fel cytgan cyson, cysurlon oddi tani.

'Codiad yr Ehedydd'

Wrth dorri ei henw yn y llyfr ymwelwyr yng nghyntedd y Cartref mae Eirys yn diolch, unwaith eto heddiw, mai oglau glân, ffres sy'n ei chyfarfod, nad oes unrhyw arlliw o bi-pi – neu waeth – ar y gwynt.

Wendy ddaeth i agor y drws iddi. (Ar ôl rhyw ddeg diwrnod o deithio'n ôl ac ymlaen yma, mae hi'n dechrau dod i nabod y staff). Hogan glên, ddi-lol yw hon. Mae 'na rai'n cwyno ei bod hi'n medru bod yn rhy blaen ei thafod. Ond gwell gan Eirys hynny na rhywun sy'n wên deg yn eich wyneb chi un munud a'r munud nesaf yn rowlio'u llygaid cyn gynted ag yr ydych chi wedi troi eich cefn. Ac mae hi wedi gweld llygaid Wendy'n llenwi fwy nag unwaith wrth iddi sgwrsio efo ambell un o'r preswylwyr, wrth iddi gymell ambell un i flasu tamaid o gacen efo'i baned, wrth iddi fwytho braich un arall sy'n mynnu swatio tedi bêr bychan yn ei chôl yn barhaus.

'Yn y lownj mae o'r pnawn 'ma. Dyna lle mae'r rhan fwya ohonyn nhw. Mae 'na delynoras wedi dod draw i'w hentyrteinio nhw. Rhan o'r cynllun "Canu mewn Sbytai a Chartrefi" 'ma, 'chi. Mae o i fod yn therapiwtig.'

Gan fod bwlyn drws y stafell fyw yn gyndyn o droi braidd, mae hi'n gwneud mwy o sŵn wrth ei agor nag oedd hi wedi'i fwriadu. Ei thad yw un o'r ychydig rai sy'n edrych i'w chyfeiriad, i weld beth sydd ar droed. Mae'n syllu arni, yn archwilio'i hwyneb, cyn rhoi rhyw hanner gwên a throi'n ôl i wrando ar y gerddoriaeth.

Hogan yn ei hugeiniau cynnar yw'r delynores, gwallt golau hir, syth ganddi a gwên garedig. Telyn fechan Geltaidd mae'n ei chwarae.

'Reit! Dwi'n siŵr y bydd y rhan fwya ohonoch chi'n nabod hon. Croeso i chi ganu efo fi os dach chi isio.'

Ac mae hi'n dechrau chwarae alaw fywiog, ysgafn 'Codiad yr Ehedydd'. Mae ambell un o'r gynulleidfa'n cwffio cwsg. Mae hi'n drofannol gynnes yn y lownj drwy'r adeg, a'r cyfnod yma rhwng cinio a the yn un pryd mae cyntun, fel planced fwythlyd, yn denu sawl un i'w gôl. Ond sylwa Eirys ar fysedd llaw dde ei thad yn dechrau symud i rythm yr alaw, yn tapio braich ei gadair esmwyth gefnsyth, a'i wefusau'n dechrau symud.

Pan ddaw'r delynores at linellau clo'r pennill cyntaf, sylwa fod ei thad yn sibrwd y geiriau efo hi:

'Mor nefol, swynol ydyw'r sain
Sy'n dod i ddeffro dyn.'

Ac wrth iddo wneud hynny mae'n troi at ei ferch, sy'n dal i sefyll gan nad oes 'na sedd sbâr, ac yn codi ei law arni, ei lygaid yn fwy effro nag y buon nhw ers tro byd. Mae hithau'n chwythu cusan yn ôl i'w gyfeiriad, yntau'n cwpanu ei law i'w derbyn, ac am ychydig eiliadau mae'r alaw'n llinyn arian rhyngddyn nhw, yn atgof gwibiog ac yn obaith bregus ar yr un pryd.

Diolchiadau

I Gyngor Llyfrau Cymru am y comisiwn.

I Wasg Gomer: Bethan Mair am fy nghychwyn ar y daith; Dylan Williams am ail-danio'r batri ac am ei sylwadau craff; Rhiannon Heledd Williams am fy llywio at y llinell derfyn gyda'i hanogaeth a'i sylwgarwch; Elinor Wyn Reynolds am ei brwdfrydedd a'i hamynedd.

I Dafydd, am bopeth.